Letters
to
Me

Letters to Me

レターズ・トゥ・ミー

アレックス・ロビラ 著
田内志文 訳

はじめに

「理想の治療とは、一回の治療で治してしまうこと。
理想の執筆とは、一冊のなかに書いてしまうこと」

スティーブン・B・カープマン　M.D.

この本は、私が人生に悩み、苦しんでいた七年のあいだにたどってきた、心の軌跡のすべてです。

そのあいだ、私はずっと思ったことを書きつづけてきました。二〇〇二年の春から秋にかけて、自分にとって衝撃的だった本や小説、映画、歌などを引用しながら、それを整理していったのです。つまり、この本は自分にむけて書かれた一冊です。どの手紙も、自分に宛《あ》てて書いた一通一通なのです。

それをこうして出版するのは、皆さんと分かちあいたいと考えたからです。そうすることに、大きな希望があると信じます。この本に書かれている言葉のひとつひとつに出会い、あなたは考え、感じ、ふと人生を歩みつづける足を止め、足もとに転がっている宝物を見つけたり、見つめなおしたり、確かめたりすることができるかもしれません。

知力と探求心をもち、光り輝きながら日々を生きていきたいと願う人たちに、この本をぜひともお届けしたい。おとぎ話に登場するような、錆《さ》びついた鎧《よろい》を身にまとった騎士の姿を思いえがいてみてください。古い考えや凝りかたまった思想にとりつかれるというのは、そういうものなのです。ですが、恐怖心や偏見、「思いどおりになるものではない」というまやかし、自分の胸の内や周囲の非難から自分を支え、解きはなつことはできるのです。

若き日のホセ・ルイス・サンペドロが、こんなことをいっています。

「生きる道とは、自分自身になることだ。私も他の人々と同じように、何者かにならなくてはいけない。だがまた、他の人々なくして自分であることはできないのだ」

自分自身になるために、人と共に生きることを知る。そこにはとても大事な人生の意味と道しるべが秘められているのではないでしょうか。

ほかにも道があるはずだと思っている人や、人生を導く本当の道しるべを探している、あなたへ。

装丁　長坂勇司

Cover Photo　アマナ

目　次

プロローグ

深い森のように

ときどき、想像をはるかに超えるほど私たちの心を動かし、息苦しさを消しさってくれるような本と出会います。そういった本は、私たちにとって友と同じではないでしょうか。

アレックス・ロビラ氏の『レターズ・トゥ・ミー』は、すべての人々に、それぞれが歩むべき道を見せてくれる一冊です。それはまるで、私たちにとって森林のような存在です。空気をきれいにし、呼吸を楽にしてくれるのですから。有名なピンダロの言葉に「自分の欲する者になれ」というものがあります。この本で、アレックス氏はまるでピンダロのように、人々がもっと考え、より気持ちよく生きていけるような方法を、心から伝えようとしてくれています。

この本には、ふたつのポイントがあります。ひとつは、しっかりと生き、人と共に生きる道を見つけ、幸せを手にする助けとなってくれるメッセージです。「こうだったらいいのに」とため息をつくのではなく、人間はそこに自分の足で近づいていけるのです。

もうひとつはもっと漠然としたものですが、同じくらい大事なポイントです。この本を読みおえたとき、きっとあなたのそばには新しい友人がいることでしょう。若く知性に富み、力強く、大きな優しさと並はずれた分析力をもった、心強い友人が。それはこの本の著者、アレックス・ロビラ氏です。この本と彼は、ふたつでひとつといってもいいほどです。あなたと彼は、ずっと一緒に旅路をたどることになるでしょう。

この本は、ある日パソコンの前にすわっているひとりの男性によって語られはじめます。そして、一語一語を通して、まるで彼の姿が目の前に立ち現れるようにして進んでいきます。

どうか、最後まで読んでください。『レターズ・トゥ・ミー』は、ふと気づけば誰もが迷いこんでしまっている袋小路から抜けだすための地図なのですから。親しみをこめて語られる深い内容に、すぐにあなたは引きこまれるでしょう。

この本が描く軌跡は、著者とよく似て力強く、優しく、熱意にあふれた美しいものです。アレックス氏の作るものには、彼の魂の光が宿っています。ほんのすこしの灯りしかなくても、ページが放つ光で本が読めてしまうのではないかと思うほどに。

読みおえたとき、あなたは新しい自分を発見するにちがいありません。

ジョルディ・ナダル

Letter 1

ねじまがったひとこと

「生きるために働くはずが、働くために生きてしまった」
さまざまな末期患者をケアしてきた
エリザベス・キューブラー・ロスによると、
患者の多くが、この言葉を口にするという。

「広く浸透しているからといって、
その考えが正しいということにはならない」

バートランド・ラッセル

ボスへ

かなりの時間をかけて、あなたにいわれたレポートを書きあげようとがんばってきましたが、どうにも集中することができません。ご存じのとおり、私はあなたの指示にできるかぎり忠実であろうとしています。ですが、今日は胸の中になにかつかえがあるようで、冷たく、心のこもっていない言葉しか出てきません。それなのに、あなたに宛てたこの手紙を書きはじめるやいなや鼓動は速まり、指はためらうことなくキーボードをたたくのです。

　たぶんあなたは、なぜ私がEメールも電話もあるのにあえて手紙を書いているのか、いぶかしく思われることでしょう。それは私にもよくわからないのですが、おそらく、距離感やのんびりした感じがいいのでそうしているのだと思います。いいかえるなら、手紙のほうが頭を整理して思ったことが書きやすいし、相手のじゃまにならないよう「手短に手短に」と気づかいながら書きすすめなくてもいいからです。ほかの方法のように、せかせかせずに済むのです。読んでいただければおわかりになると思いますが、私がこれから書こうとしていることは、それだけ時間をとるのです。

　実は、ずっと不安に思っていることがあります。そのせいで呆然《ぼうぜん》としてしまったり、ときにはすっかりうんざりしてしまいます。そのためにここ何週間かはぐっすり眠れないほどです。一見ひどく単純で簡単なことなのですが、その一方、いやになるほど難しかったりもします。たぶんあなたの目にも、最初はひどくばかばかしい悩みにうつるでしょうが、それについて考えることが人と社会にとってとても大事なことなのだと、私には確信があるのです。

単刀直入に書きましょう。人々は、幸福ではありません。無論、このいいかたは大ざっぱすぎますが、この問題は人々が思うよりもっと広がっているのです。

ここしばらく、私は友人や同僚たちにある質問を繰りかえしてきました。

「調子はどうだい?」と。そして、次のような答えをもらってきました。

「見てのとおりさ」(これは本当は「僕にはよくわからないから、君が勝手に判断してくれよ」という意味です)

「みんなとそう大差ないよ」(あえてみんなというのは、自分だけではないのだと思うほうが気が楽だからでしょう)

「戦ってるよ」(まるで戦争です)

「なんとかね」(なんとか、です)

「ぼちぼちかな」(悪くはないですが、それでもまだ奥歯にものがはさまったような、

釈然としない響きがあります）

頻繁に耳にしたのは「いろいろあるけど幸せだよ」というものです。ですが、それではまるで、いろいろあるのが当たり前みたいに聞こえてしまいます。

「いい感じだよ！」と答えたのはほんのひとにぎりの人たちだけで、「もう最高さ！」と力強くまっすぐに答えた人にいたっては、信じられないほど少数でした。つまり、なにかがまちがっているのです。

今、自分をとりまく現実を見ていると、何百万もの人々が毎日がっくりとうなだれながら職場へと足をはこび、そこから脱しようとすることもなく、宝くじを当てて幸福になろうとでもいうような、極端な希望だけを頼りに日々を送っているように思えます。

満足できない場所で働いている人々。信じられないほどストレスをためた人々。自分はもっと稼げるはずだと強く切なく思いながら働いている人々。そして、ローンに追いたてられる奴隷のような気分で働いている人々。そんな人たちばかりです。彼らが決まって口にするのは、

「変えることなど無理だよ」

「住宅ローンがあと三十年もあるんだ」

「家族がいるからなあ……」

「とにかくやらなくちゃいけない仕事があり、僕はその道のプロなんだ。ほかにどんな道があるっていうんだ？」

そのことについてじっくり考えてみて、私は、この不幸は世の中にまかり通っている、あるひとことに関係している部分が大きいのではないかと思いました。子どものころから、私は何度もその言葉を耳にしてきました。もう、すっかりおなじみのひとことです。人生のもっとも大事な部分に関わるひとことであるがために、もしかしたら人は、それがどういうことかとあまり考えないのかもしれません。

一見、なんでもないような言葉ですが、本当に、すんなり聞きすごしてしまってもいい言葉なのでしょうか。もしも、ふとそのひとことをいわれたら、きっと人は「え？　ああ。それで？」といってしまうでしょう。ですが、じっくりとその言葉の裏を探れば、その恐ろしさに気づく人も多いのではないかと思えるのです。

要点をいいましょう。私がいっているのは、とても短いひとことです。

「生きるにはお金が必要だ」

どうですか？　なにか思いつきますか？

どんな意味のひとことですか？　心の奥に、なにか引っかかりませんか？

本当をいうと、何週間か前にあるクライアントと会議をするときまで、私はなにも気づいていませんでした。出席者のひとりが、ため息まじりにこのひとことをつぶやくまでは。それを耳にするや、とつぜん私の胸の中にこんな考えが浮かんできたのです。

「生きるにはお金が必要だ」とは、つまり人生が失われているという意味じゃないか。

それなのに私たちのほとんどは、それは別にごくごく普通の、とりたてておかしなことではないと感じているのです。

このでたらめが本当に社会に広く受けいれられ、人々があまりそれがどういうこといかを考えていないのだとすれば、考えるべきではないでしょうか。そうすれば、なにはともあれやらなくてはいけないこと、手に入れるべき最高の未来とは、今私たちが当たり前としているこの状態を回復させることだと気づくはずではないでしょうか。死んだように生き、稼ぐことばかりを考えて人生の貴重な時間をついやしたり、ため息ばかりつくのではなく。もしかしたら、胸の底に憎しみをためこんでいる人だっているかもしれません。

とにかく「生きるためには働かなくてはいけない」と人々が信じこんでいるというのは、私たち人間が生まれながらにもっている、存在、意識、幸福、創造力、愛、思いやり……、それらかけがえのないものを、失うことだと思うのです。

子どものころには、なにもかもを耳にしたままに受けとってしまいがちです。言葉はまっすぐに心の底に落ち、意識の奥に貼りついてしまうのです。

この世界をよりよくし、幸福を手にするためには、私たちは今すぐにでもなにかをはじめなくてはいけないように思います。これは、私たちの会社を発展させることにもつながっていいます。一事が万事なのですから、そういってもいいはずです。

どうすれば、この常識をあらためることができるでしょうか……？　私は哲学者でも心理学者でもありませんが、人と同じように考える力はあります。私の考えを書かせてください。このひとことに、新しい意味、新しい表現の形を与えれば、人々に人生の価値を思いなおしてもらい、新しい人生の視野をもってもらえるのではないでしょうか。より健全で、暗くもみじめでもない、新しい視野を。

どう思いますか？

私の考えとは、しっかりと目を見開き、例のひとことを忘れることです。

「生きるのにお金は必要ない。私たちは生まれたときからもう生きているのだから」

ということなのです。

あなたは聡明な方ですから、私がいわんとしているこの難題を、必ず理解してくださることでしょう。もしかしたら、ここまで読んでくださった時点で、私には思いも寄らなかった結論にたどりついているかもしれません（なにしろ、私のボスですから）。

ともあれ、不安ながらもあなたのお返事をお待ちしています。

愛をこめて。

アレックス

PS　北アメリカの聡明な作家、ヘンリー・デイビッド・ソローは、なんと十九世紀に同じことをいっていたのです！　「人生の大半は生活のために金を得ることであると思いこむのは、救いようのない馬鹿者である」

Letter 2

人生はそんなに複雑なのか

「誰も、好きこのんで問題を抱えたりはしない」

マオリ族のことわざ

親愛なるご多忙なボスへ

あれからずいぶんたちますが、まだお返事をいただけないようです。あなたがとてもご多忙で、会議から会議へと走りまわっていらっしゃるのは存じておりますが、「手紙を受けとったよ」と知らせてもくださらないことには、多少おどろいています。

それとも、深刻な事態に私たちが直面していると知っていただくには、もっとご説明したほうがよろしいのでしょうか。

左記のことについて、どうお考えでしょうか。

・世界保健機関（WHO）が、近ごろこのような統計を発表しました。人々が抱える能力的障害の第一の原因は憂鬱感《ゆううつかん》によるものであり、毎年報告される能力的障害の二十七パーセントは、憂鬱感に起因するものだそうです。

・この先二十五年で、西側諸国では憂鬱感に悩まされる人が五十パーセント増加する見込みだそうです。

・過去十年で、精神科医を頼る人の数は、十パーセントから二十パーセント増加しているそうです。WHOは、もうすぐ精神疾患は先進国と発展途上国において、もっとも深刻な問題になるだろうと見ています。病院の救急室でもっとも口にされるのは、不安感や抑鬱感《よくうつかん》など感情面の問題であり、公式な情報によれば、そういった問題の増加は社会的習慣の崩壊、孤独感による支配、社会的プレッシャーや不安感などが原因になっているそうです。もう一度、書きつらねてみます。

孤独感、

社会的プレッシャー、

そして不安感。

ここまでをじっくり読みかえしていただければ、そこに巨大なパラドックス、多大なる悲喜劇的な矛盾があることにお気づきになるはずです。発展することは、憂鬱、孤独、社会的プレッシャーや不安へと向かっていくことなのです。

いいかえましょう。発展することは、問題でもあるのです!

ああ、きれいな空気を吸いたい……。

そして窓へと駆けよってこう叫びます。

「助けて! 誰か、ぼくに手を貸してくれ!」

私は僭越《せんえつ》ながら、「発展」ということについてもう一度考えなおす必要があると思います。自分の息子が今よりも悪い世界に生きるのは、お断りです。

そう、お断りです!

いったい、なぜこんなことになっているのでしょう? なにがまちがっているのでしょうか?

私たちがなにか大きな見落としをしているのは明らかです。人の目標は、百年後に全員が抑鬱感に悩まされることでも、陰鬱《いんうつ》な世界を子どもたちに遺《のこ》すことでもないはずではありませんか。

私と同じように、人々は自分から人生を複雑にしてしまっていると感じませんか？　生きるのはシンプルなことのはず。それを私たちは、自ら難しくしてしまっているのです。

健全な心と、考えるだけのゆとりと、決断の自由があるならば、あなたもきっと私に賛成してくださるのではないでしょうか。ですが、前の手紙にも書いたように、「稼がなくては」という思いに支配されていたら、そこからものごとが複雑になってゆくのです。

仕事に関わる時間を、人はなにか厳しい競争でもあるかのように生きています。人生をまっとうするために強いられる競争です。そして人は、まるで自分が生きていないかのように感じたり、心や体が「もう十分だ。こんな生き方をするくらいなら、降りてしまったほうがマシだ！」と悲鳴をあげることになるのです。数週間前、セールスのヘッドだったバルデスの身に起こったことをご存じのはずです。彼はついに、押しつぶされてしまいました。
親愛なるボス。あんなこと、誰の身にも起こってはいけないのです。
それでは。

アレックス

ＰＳ　アンソニー・デ・メロが、こんなことをいっています。「楽しく生きるには、長生きすることよりも、笑いながら生きることが大事である」。この言葉を、私たちは胸に刻むべきではないでしょうか。

Letter 3

巨大なパラドックス

「人生とは、自分自身が理解するものである」

ヒンズー教の格言

尊敬すべき、しかしながら留守がちのボスへ

あなたが私の手紙のことをどうお思いなのか、まだわかりません。見たところ、あなたは例の予算の問題にご執心のようで、張りつめた空気が手にとるように伝わってきます。でも、手紙を書くのはやめません。すぐか、それともずっとあとになるかもしれませんが、あなたが私の考えにお返事をくださるはずだと、私には確信があるのです。そして、私がこの問題を乗りこえるために力を貸してくださるはずだと。

私にとって頭痛の種になっている、もうひとつの統計について書きます。クライアントとのやりとりで、ときどき会話がビジネス、戦略、マーケティングなどを離れ、

もっと人間的な領域に入っていくことがあるのは、あなたもよくご存じだと思います。特に延々と話しあいが続く過酷な日などは、魂の深みから、信頼につながる絆《きずな》のようなものが生まれるものです。

コミュニケーションがそのレベルにまで達すると、人の本質が表れてきます。真心があふれて、その人がより身近に感じられ、形式的な立場の壁はとりはらわれます。

ここで私は、しばしば矛盾を感じるのです。「機会」「オブジェクト」「目標」「発明」「調査」「戦略」などといった言葉は日々の仕事に使われる専門用語ですが、人生設計を語るうえでは使われません。

仕事のプロというのは、大多数が知性的で、勤勉で、多くの大事なものを提供してくれます。しかし、もっとも大事なものへのアプローチという点で、彼らは問題を抱えているように感じます。それは、自らの人生へのアプローチです。

まるで、彼らは自分の肉体と精神のすべてを、本当の自分とは関係のないある立場の自分へと注ぎこみ、「稼ぎのいい仕事」をその代償として得ているように、私の目には見えてしまうのです。

仕事というのはときおり、奴隷を閉じこめておくための黄金のオリにもなります。なかにはサラリーを得るために、行きすぎとも思えるほどの犠牲をはらっている人たちもいます。私がここではっきりと声を大にして繰りかえしておきたいのは、どれもとても重要なことです。

一流のプロフェッショナルの中には……

サラリーを得るために、

行きすぎとも思えるほどの

犠牲をはらっている人々が多くいる。

これは、なんという矛盾でしょうか！

彼らの支はらう代価とは、ストレス、努力、献身……。家族との生活や自由時間、そして肉体と精神の充足の放棄などです。毎月末に銀行に振りこまれる給料ではまかなえない価値が、それらにはあるというのに。

彼らの多くは、便利で給料もいいポジションを得ることに重きを置き、どうやって生を実感し、生に意味を与え、それを満たし、そして幸福を得るかということを忘れかけてしまっています。

おそらく、そうして金と地位と人々の尊敬を得るための仕事を追いもとめるのは、人生にとってもっとも大事なものから自分自身を遠ざけたり、隔てたりしてしまうことなのです。

「いったい本当の僕はなにが好きで、なにがしたいのだろう?」

「僕の能力と経験を、どうやったらいちばんしたいことに結びつけることができるのだろう?」

どういうわけか、人は理想と現実のあいだを行ったり来たりしながら、ある内面的な契約へとたどりつきます。「よし、今はとりあえず十分に食べていけるだけしっかり働いて、先立つものができてから、本当にしたかったことをしよう」

でも、この契約にはたくさんの制約が含まれており、時間がたてばたつほど、どうにもこうにも抜けだせなくなっていってしまうのです。

私の手元に一冊のノートがあります。あちこちの何百というサプライヤーやクライアント——皆親しい人たちばかりというか、むしろ友人といってもいいほどの人たちです——との会話から、私が言葉を引用したものです。その一ページ目は、次のような仮定からはじまっています。

「人は、生きるために稼がなくてはいけない。そのため、人生は複雑になってしまう。人生の奥底には、喪失への恐怖が流れている。その恐怖とむきあったとき、人はいともたやすく安全パイを選び、個人個人の能力にもっとも適した仕事、つまり天職を犠牲にしてしまうこともある」

ここに、いくつかそのノートからの引用を書きだしておきます。誓って、本当のものです。

「私は個人的に自然薬の愛好家なのですが、その私が作ろうとしているのは、エキゾチック・フレーバーの新ドリンクです」

「私は、起業して女性のためのファッション・ブティックを開きたいと思っていました。なのにひょんなことから今の会社の経営陣になり、今は一会社員として働いています。安定した仕事で、人生の保険のようなものだと思っています」

「ずっと、動物、特に馬と犬に興味をもっていたのですが、家族たちは獣医になろうという私に反対でした。だから私は兄や父、叔父、そして祖父のように法を学んだのです」

「自分の天職は心理学者だと思っていましたが、それでは生きていけないと両親にいわれ、ビジネスの勉強をはじめました。そして現在に至り、こうして保険のセールスをやっているのです」

「絵を描いているとエネルギーがわいて、生き生きしてきます。見てくれる人たちは、個展を開いたらどうだといってくれます。でも、絵で生きていけるはずがないことなど、わかりきっています」

「満足のいく生活を手にするには、とにかく金がかかるんだ。そのために、たとえ自分が燃えつきてしまおうとね。それをいったいどうしろっていうんだ？　やめろっていうのかい？　住宅ローンや、子どもが通う私立学校の学費はどうなるんだ？」

「人生っていうのは、あそこにぶらさがってるんだ（窓の外を指さしながら）。誰もそんな危険を冒そうとは思わないものさ。私はずっと自分の会社をもち、なにかマーケティング関係の仕事をしようと思っていた。でも、今となってはもう遅いと悟ったよ」（この人は、まだ三十五歳だというのに！）
「よし、じゃあごく個人的な話をしようか。私はビジネスマンとしては富も名声も得ている。もう七十二歳になってしまった。わかるかね？　私は、自分が夢をつかもうと冒険しなかったことを後悔しているんだ。そしてなにより、自分が子どもたちとの距離を縮めようとしなかったこともね」

もう十分です！

自分たちを裏切るのも、自らの真実を追究できずに生きるのも、「安定」という言葉にまどわされて自虐的な人生を選ぶのも、納得いく立場や、パーティみたいに楽しい気分で毎日をはじめられるような生活を手に入れることができず、結局は自分を再発見する機会をもてないままに過ごすのも、いやなのです。

一生、本当の自分とかくれんぼをしながら生きていくのは、もういやなのです！

私が思うに、望まない仕事をして安定を得ても、そこに満足はありえません。しかし、私たちの能力、情熱、そして日々の努力のあいだには、リンクがあるはずです。そのリンクを通し、天職と情熱はぴったり一致するのです。ここではじめて、「仕事」

というものに本当の創造性が宿るのではないでしょうか。

　私がいわんとしていることを補足するため、ある研究からふたつ引用をさせていただこうと思います。
1、『In Success Doesn't Happen by Chance（成功は偶然には訪れない）』の中で、著者のライール・リベイロ氏はこう語っています。「一九五三年にハーバード大学で行われた研究において、大学の全学生にアンケート調査を実施した。さまざまな質問の中、必ずひとつ、人生のゴールについての質問がなされた。将来、なにを成しとげたいと思うか、というものだ。自分が人生を通してしたいと思っていることを書いたのは、たった三パーセントの学生たちだけだった。そして二十年後、同じ人たちにまたアンケートを行った。驚いたことに、ゴールを書いた三パーセントの学生たちは、残りの九十七パーセントの学生たちにくらべて裕福になっていた。それだけでなく、より健康的で、満足ゆく暮らしを手に入れ、他の回答者たちよりもしっかりとした人生への意識をもっていたのである」
2、マーク・アルビオン博士は、自身の名著である『Living and Earning a Living

(生きること、そして生きるために稼ぐこと)』の中で、「一九六〇年から一九八〇年のあいだ、あるビジネス系大学院が卒業生たち千五百人を対象に、調査を行った。比較的初期の段階から、卒業生たちはふたつのグループに分けられた。グループAは、まずしっかり稼いでからやりたいことをはじめるべきだという考えの持ち主。そしてグループBは、自分の興味を追求していけば、それが日々の糧を得ることにつながるはずだという考えの持ち主たちだった。では、双方のパーセンテージはどうなっていたのだろうか? 調査を受けた千五百人のうち、八十三パーセントの千二百四十五人はグループA、つまり、まずはお金が欲しいというグループであった。一方のグループBは、十七パーセントとなる二百五十五人であった。二十年後、卒業生の中から百一人の億万長者が誕生した。グループAからはひとり、グループBからは百人だった」

もっとほかに根拠が必要でしょうか? 誤解されてはいないと思いますが、私はなにも、億万長者になりたいわけではありません。裕福であることがそのまま幸福だと考えているわけでもありません。「よりよい未来」などという言葉で本当の夢や才能を包みかくし、まずはお金を稼いでからなどと自分をだますことは、できはしないと思うのです。

なぜこの問題が大学で議論されないのでしょうか？　今こそ、それをはじめるべきではないでしょうか？

まちがった常識を正し、本当の自分を表現しながら生きていくことが必要なのではないでしょうか？

恐怖心を胸に抱えこんだまま、誰が変わることができるでしょう。

お願いですから、お返事をください。

アレックス

PS　「心はパラシュートと同じで、開かないかぎり役には立たない」。以前ニューヨークで、こんな壁の落書きを見つけました。今こそ人は心を開いて自分自身と向きあうべきだと私は思います。そして、自分ならではの能力を活かし、本当の幸福へとつながる人生の道を、情熱をもって歩みはじめなくてはなりません。そうすれば、周囲の人々も幸せになれるはずです。

Letter 4

「大至急！」という暗示

「来週はスケジュールが詰まっているので、
病気になっても事故が起こってもどうしようもない」

ストレスと心労を抱えこんだ匿名サラリーマン

親愛なる、ストレスをためこんだボスへ

あなたがゼネラル・マネージャーのオフィスから足早に出ていくのを見かけました。お見かけするのは、コーヒー・マシンのところで偶然はちあわせして以来でした。あなたは、心ここにあらずといったふうに見えました。こちらをちらりとご覧になったようでしたが、私を見たのか、それともただ視線がこちらにむいただけなのかもわかりません。かろうじて私に気づいたあなたは会釈《えしゃく》をしてくださいましたが、言葉も交わさずに行ってしまわれました。私の手紙のお返事は、口頭でも手紙でもいただいておりません。もしかして、まだお読みいただいていないのでしょうか……。

お返事を待ちつづけながら私は、なぜ満足できないのか、なぜ幸福になれないのかと、ぐるぐる考えつづけてばかりです。そして、考えれば考えるほどクリアになってくるのが、責任感というものは、日々よく耳にするある言葉、

「至急」

というひとことが生みだしている部分が大きいのではないかということです。さらにいうなら、職場におけるその言葉の使われ方が、です。

おそらく、次のようないいまわしや似たような言葉は、あなたにとっても耳慣れたものだと思います。

「至急のお電話が入っています」

「企画書を至急送ってください」

「至急の用件につき、当初の予定を繰りあげて会議をはじめます」

そしてなかでも最悪なのが、これです。

「大至急、とにかく大至急で！」

（これにかぎってはいつだったか、とてもかわいらしい秘書の女性が、ボスのマネをして口にしているのを耳にしました）

いったい、私たちはどうしてしまったのでしょう？

エイリアンが侵略にでも来ているのでしょうか？

隕石《いんせき》が地球にぶつかりそうになっているとでもいうのでしょうか？

『インデペンデンス・デイ』も『アルマゲドン』も『ウォール街』も、「ニュー・エコノミー」も、もうたくさんです。起こっていることこそちがえ、私たちの身に降りかかっている生きるために稼ぐということの罠《わな》は、そう大差ないのです。世の中には「競争を生きぬくには、能力よりもガツガツと大至急で生きることだ」と信じこんでいる人たちもいるように思えます。

言葉の意味を考えると、大至急なにかをするのは、プレッシャーを抱えて過ごすことと変わりありません。私たちのほとんど誰もが、すこしずつプレッシャーを抱え、すこしずつ燃えつきているのではないでしょうか？

だから私たちは……

さらに大急ぎで
走りまわり、
距離を数え、
すっかり疲れはてているのに、
口元と括約筋《かつやくきん》をぎゅっとしめて、
弾丸のように跳ねおきてゆくのです。

名著『Tuesdays With Morrie（モリー先生との火曜日）』で、主人公のモリー・シュワルツ（死の床にある聡明な老教授です）が、かわいがっていた元教え子にこういいます。

「問題のひとつは、誰も彼もがせかせかしていることだよ。誰も人生の意味を見つけられないものだから、それを探しだそうと走りまわるのさ。いつだって人は、次の車をどうしようか、次の家はどうしようか、次の仕事はなににしようかと考えつづけている。そしてやがて、そんなものにはなんの意味もなかったのだと気づき、また走りはじめる」

　こんなにはっきりといいあらわした言葉が、ほかにあるでしょうか。

　私の知りたいことは、このプレッシャーはいったいどこからやってくるのかということです。自分をちゃんと認められないとき。自分の限界を作りあげてしまうとき。世間の常識を当たり前だと思いこんでしまうとき。考えごとをしているときや、ほかの人々と話をしているとき……。

　本当は信じてなんていないのに、日々の糧を得るため、そして義務をまっとうするために、そこに意味があると思いこんでしまっているものごと。そういうものにむきあっているとき、このプレッシャーが芽を出すのではないでしょうか。

　そのプレッシャーと、それにつながって現れる憂鬱感。これらは、恐怖心から生まれてくるものなのではないでしょうか。

　お返事をお待ちしております。

アレックス

ＰＳ

カール・グスタフ・ユングいわく「生なき人生とは死に至る病である」。そうです。すこしずつ、すこしずつ、人は胸の空洞を満たすために躍起《やっき》になって生きるようになっていきます。そして自分の本質から、また人生からも自分たちを切りはなしてしまうのです。もし人が「自分を満たすのに必要なのは、自分自身なのだ」と気づけば、こうした大至急の人生も、永久に消えてなくなることでしょう。

Letter 5

最大の敵は恐怖心

「恐怖心をもって生きるというのは、
すごいことだと思わないか？
それはつまり、奴隷になるのと同じことなのだから」

映画『ブレードランナー』（リドリー・スコット監督）

親愛なるボス（もしかしたら私に怯《おび》えておいでかもしれませんね）

どうしても、ある思いが頭から消えません。失礼とは承知しつつも、口にせずにはいられません。あなたは私の手紙に応えるのがこわいのではないでしょうか？

自分もまた不幸であると知ることへの恐怖。

自分の声が聞こえてこないという恐怖。

自分の弱さを人に見せる恐怖。

自分の本当の望みにむきあう恐怖。
恐怖心を捨てさることへの恐怖。
もしそうであれば、どうか、それはあなただけではないとお伝えしたいのです。人生において重大な岐路に立つとき、人は誰しも恐怖します。ですが、その変化への恐怖は受けいれざるをえないものです。人生、後もどりはできないのですから。

恐怖心こそ私たちにとって最大の障害物であるならば、人々が抱える憂鬱感の多くはそこに端を発しているにちがいありません。たとえば愛する者の死や大きな事故や重い病気など、人生についてまわる残酷な運命を除くと、憂鬱感は「自分たちは自由ではない」「決断のカギは自分の手には握られていない」「思うように生きることなどできない」という意識へとつながる恐怖心——無意識の恐怖心に起因しているように、私には思えるのです。

人の落ち度を探すほうが簡単でも、ときに私たちはあえて自分たちの行く手に障害物を置いてしまいます。というのも、そうすれば自分の中でかくれんぼを続けることができるからです。そういう私も、あらゆるものをたぐり寄せては、また遠くへと押しやりつづけています。動機も、そして障害も、私自身でありえるのです。ここでの問題は……

もしこれを自覚していなければ、人は――さらにいうならば人の恐怖心は――自分自身にとって最大の敵になってしまうということです。


自覚していなければ、恐怖心は機会を奪いさってしまうでしょう。

そうすると、ものごとの本質が見えなくなります。

そして、自分の価値を過小評価するようになってしまいます。

さらに、本当なら無限に選べるはずの道が、自分にはほんのわずかしかないように感じてしまいます。

その結果、本来ならば順調であるはずの人生が、どこか周囲の人々よりも乏しく、小さく、平凡なものへと変わっていってしまうのです。

簡単にいうならば、恐怖心とは自分自身にむけられた恐れの固まりであり、人の能力を隠してしまうものです。人生の意味を追究するという点で、恐怖心は人を無能にしてしまうのです。

親愛なるボス。恐怖心が消えさったらご自分がどうされるか、考えたことはありますか？

親愛の情をこめて。

アレックス

PS　恐怖心は認識、つまり自覚することによって消えうせます。そして他人や、なにより自分自身への偏見という重しから解きはなたれたときに。カルロス・ネッシは『マダム・ギャバ』の中でこういっています。「なにごとも恐れないで！　苦しみがもつ魅力の罠にひっかかってはいけない。人生は、自分の中にこそあるものなのだから。差しだしたものは、財産となって自分にもどってくるのです」
わかる人にとって、この言葉の裏には宝物が隠されているといっていいでしょう。もう一度書きます。「差しだしたものは、財産となって自分にもどってくるのです」

Letter 6

欲求は「物」では満たされない

「世界は、すべての人々の欲求を満たすには十分である。
だが、それでも満たされない強欲をもつ者もたまにいる」

マハトマ・ガンジー

ボスへ

これまでにお送りした手紙を読みかえしながら、あることに気づきました。私が書いてきたことというのは、この不幸——人々の不満——がすっかり染みついてしまった思考から生みだされたものだということです。人々が信じこみ、受けいれている、人生を不満足のどん詰まりへと導いてゆく思考です。ややもすると、人はその思考から逃れることを恐れているのではないでしょうか。

私たちをしばりつけている、外からの力に関するとても明瞭な例をひとつ挙げましよう。

世界中のエコノミー・スクールで、新入生たちがまず最初に聞かされる言葉であり、もはや教科書では古典的とすらいえる言葉です。「世界は、人を満たす力のない商品と、満たされない人々の欲求で成りたっている」

世界中の大学で教えられている経済学は、まずこれを事実とするところからスタートするのです。

さらに深刻なのは、経済学、ビジネス、そして経営学にちなんだ分野を勉強するすべての学生たちは、待ちうける数々の試験にパスしてゆくために、この言葉を丸飲みにしなくてはならないということです。

古典的な経済学は、この美しい星に住む人々を制限し、なにかを欲しがらせるところからはじまっているのです！

そんなおかしな考え（もう一度書きます。「世界＝欠乏と欲求」「人生＝稼がなくてはならない」）に基づいていたら悲しいかな、どう論理的に考えたところで、次のような結論に至ってしまいます。

・ほかの人々（隣人、隣国、いかなるレベルでも）＝恐怖。危険。利己的な競争者。
・存在＝本当の人生を夢に描きながら、失望と危険の世界を歩きまわる旅。

こんなことがあっていいのでしょうか？

奇妙なのは、おそらくすべての人々は、ちがったものを求めているということです。もしかして、真逆《まぎゃく》の意味で考えたほうがいいのかもしれません。

世界＝充足と満足
ほかの人々＝分かちあうべき存在

簡単なことではありませんが、不可能ではないはずです。世界には、すでにそのような価値観で生きながら、人のためになり、かつクリエイティブで有益な計画にとりくんでいる人々もいます。うれしいことに、そういった活動が個人レベルで可能であると体現してくれている人たちは、ＮＧＯや、巨大企業の中にすらいます。

これは彼らが、自分自身、人生、世界、人々に対してちがったものの見方をしているからだとは考えられないでしょうか？

彼らはおそらく、自分たちは無限の資材でありエナジー・ソースなのだと考えているはずです。私が申しあげているのは、愛、団結、寛大さ、協力、そして自信の話です。人間は、自分たちが求め欲するのと同じだけのものを、自ら作りだしていけるのではないでしょうか。

お返事、お待ちしております。

心より愛をこめて。

アレックス

PS　今日も世界は、人々が今とちがった考えをもちはじめないかぎりそのままです。偉大な経営学教授ピーター・ドラッカー氏が、こんなことをいっています。「人として生きることや、人として扱われること。そのようなことは、資本主義における経済的な計算においては考えられていない」

Letter 7
もっともな仮説

「あなたは、自身の声を聞く。

だが、その声に耳を傾けてはいない」

「なぜ、心の声に耳を傾けなければならないのですか?」

若い男が尋《たず》ねた。

「なぜなら、心の声の赴《おもむ》くところに君の未来があるからだ」

パウロ・コエーリョ『アルケミスト』

「君たち白人は、いつも質問を投げかけてきて、
自分たちで観察したり聞いたりはしない。
だが、多くの深刻な問題は、
観察したり耳を傾けたりすることで答えを得ることができる」
年老いたネイティブ・アメリカン

尊敬するボスへ（たとえひとこともいただけなくても）

私が思うに、あなたもまた「生きるために稼ぐ」という罠にすっかりはまってしまい、私などにさく時間をなくしておいでなのではないでしょうか。目の前の急用は、人にとって大事なものを見えなくしてしまうものだと思います。

今のところあなたからのお返事がないおかげで、私は自分の内面を探ることができています。この荒涼とした環境の中で、私は自分の沈黙を探しているのです。

以前、親しい友人から、あるアフリカの部族の言葉にシンプルで的を射たものがあると聞きました。「偉大なる静寂。数多《あまた》の雑音」というものです。

心の静寂を探るのに、最初のうち当惑することもあるでしょう。というのも、はじめはそう簡単には見つからないからです。心の静寂は、たくさんの雑音で成りたっています。荒れくるう巨大な波のように。とめどない声、対話、浮かんでは消えてゆくイメージ、疑念、疑問、否定……。そうするうち、胸の中からはこんな声が聞こえてくるはずです。

「もっと肩の力を抜いて生きていきたい。でも、そうしたら誰が家計を支えるのだろう?」

「もっといい暮らしをするために金がほしい。でも、さらに働けば自由はどんどんなくなってしまうのではないだろうか」

そうした雑音の裏に、ジミニー・クリケット(『ピノキオの冒険』にピノキオの「良心」として登場する小さなコオロギ)のように小さな声が聞こえてきます。優しく、気づいてもらえるのを待っているようにささやきながら、ちゃんとした声になる機会を待っているのです。この雑音を通りぬけるためには、ジミニー・クリケットとむきあい、対話をもたなくてはなりません。

いいかえるなら、人生をこの手につかみ、思うとおりの道を歩んでゆくためには、まず自分の心の声に耳を傾けなくてはなりません。

自分を知るための最初のカギは、自分との対話からもたらされるのです。

つい勘違いしがちですが、「人生においてなにをするか」というのは、歳をとってからどうするかということではなく、今、この瞬間に自分がどう生きたいかを問うことだと思うのです。

ちゃんと耳を傾けていれば、自分の姿が見えてきます。覚えておいていただきたいのは、自分を「認識する」ことは、自分をあらためて知ることだということです。というのは、急ぎ足の日々を過ごしているうちに、知らず知らず自分を見うしなっている人も多いからです。

カール・ロジャース氏いわく「よく面倒を見てもらいながら育った子どもは自信をもつようになるが、そうでない子どもは満たされない部分を胸に残し、やがてその思いに覆《おお》いつくされ、力を奪われてしまう」そうです。つまり、子どもは受けいれられ、愛され、抱きしめられることで自分を満たすのです。やがて大人として重大な局面に立たされるまで。

私はもう何年も、興味深い心理学の本を読みあさりながら助けられています。その本の著者、エリック・バーン氏がこんなことをいっています。

「問題は、胸の中の子どもがすっかり押しかくされ、押しつぶされてしまったときに姿を現すということだ。すると、人は自分本来の願望を忘れ、他者の願望に従い、そこに迎合しようとするのである」

高名な心理学者で優れた精神的指導者であるアントニオ・ブレイ氏もまた、「子どもにものを教えるほうが、大人を立ちなおらせるよりも簡単だ」といっています。心理セラピストは、このことを熟知しているのです。たとえ大人になっても、自分の中の子どもとの対話が進むにつれて、自分の変化を感じられるようになってきます。そして、心の中にそのことの意味が浸透していったとき、内なる子どもは新しく形づくられはじめるのです。

だから、

私はできるだけすぐに自分の中の子どもの声に耳を傾け、内面に気を配っていくことにしました。

やってみると、それはとても難しいことだとわかりました。というのは、自らの声を聞くという行為は、認めたくない自分とむきあう勇気も必要だからです。でも、多くの賢者や天才たちもまた、本当の自分と出会い、尽きることのないクリエイティビティを発揮するために同じ道をたどったはずだと気づき、安心することができました。

「沈黙とは、もっとも力をもつ音である」老子

「沈黙の中では、あらゆるメロディが鳴り響いている」ベートーベン

「人は胸の沈黙を乱す喧噪《けんそう》をかき消すために、あらゆる方法を探すものである」

タゴール

今から、私はもっと自分に気を配っていくつもりです。これからはノートかテープレコーダーをもちあるき、ふと頭に思いうかんだ願い、夢、アイデアなどをとどめていきたいと思います。実現したら幸せになれるはずの、あらゆるものを。

最高のアイデアは、なんの前ぶれもなくとつぜんやってきます。それは、魂の底から浮きあがってくるあぶくのようなものです。それを無駄にしないためには、そのときの気持ちが色あせないうちに書きとどめてしまうのがいちばんでしょう。それは、自分の中の子どもからのメッセージなのですから。

自分自身に耳を傾けるということは、単に自分を理解する助けになるだけではなく、共に人生を歩んでいく人たちを理解し、受けいれることへの助けにもなります。世界には、楽しい人々があふれかえっています。彼らと出会うのに必要なのは、時間と、彼らに耳を傾ける意志だけです。マイケル・P・ニコラスがいうように、「ちゃんと耳を傾ければ、なにを受けいれ、なにを受けいれないべきかがわかる」のです。

人間は、聞くよりも話すことのほうを多くするのだそうです。それを聞いて『The Knight in Rusty Armor（ナイト　脱げなかった鎧の秘密）』の一文を思いだしました。

「彼は床にすわりこんで考えつづけた。しばらくたち、自分は今まで自分がしてきたことやこれからどうするつもりかを語ってばかりで、時間の無駄であったという思いがふとわいた。思えばこれまでの人生、誰の話にも心から耳を傾けたことがなかったのである」

敬愛なるボス。私の中には、自分にも答えが見つけだせるはずという希望が芽ばえはじめています。そして、あなたからのお返事がないおかげで、自らの声を聞き、自分を見つめ、発見しなおす機会を得ています。本当にありがとうございます。
心をこめて。

アレックス

PS 一見どうでもいいようなことでも、聞くことと耳を傾けることのちがいは、結果に大きな差をおよぼします。この寓話《ぐうわ》を読んでみてください。

ある町の鍛冶屋《かじや》が、「仕事がきつく、給料が安くてもかまわない」という若い男の見習いをやとった。見習いは背も高く力持ちだったが、どこか上の空な感じのする男だった。彼は従順に与えられた仕事をこなしたが、ときどきまちがいをおかした。というのも、彼は鍛冶屋が教えた方法をていねいに追おうとしなかったからだ。
そのたびにまた説明をしなおさなくてはならず、鍛冶屋はすこしイライラさせられたが、「面倒だが、安く仕事を仕上げるためにはしかたない」と自分にいいきかせた。

ある日、鍛冶屋は見習いにいった。「俺がこいつを火からどかして、鉄床《かなとこ》の上に置くからな。俺がうなずいたら、そのハンマーで思いっきり叩くんだぞ」。

見習いは、鍛冶屋にいわれたことを自分なりにやってのけた。その日から、町には鍛冶屋がいなくなってしまった。というのも、鍛冶屋は頭を砕かれて死んでしまったからだ。


若い見習いは、説明を聞いてそのとおりにしたのです。でも、鍛冶屋の言葉に耳を傾けることはしていなかったのです。

自分に、そして人々の言葉にどう耳を傾ければいいのか。それを知ることは大事なことだと思います。

Letter 8

想像力はすべての源

「想像力のない者にとって、死はたいした問題ではない。
想像力のある者にとって、死はあまりある問題だ」

ルイス・フェルディナンド・セリーヌ
『Journey to the End of The world（夜の果てへの旅）』

親愛なる透明人間のボスへ

ここ数日、あなたを会社で見かけないことに気づきました。インフルエンザのため自宅でお休み中だと耳にしました。おそらく今ごろはベッドかソファに横になりながら、私の手紙をお読みなのかもしれません。

このあいだからの続きになりますが、ある重要な疑問が心に浮かんできました。なぜ、煙草をやめたり、満足できない仕事を辞めたりといった変化を起こすのは難しいのでしょうか？　私は、人生をよりよい方向にむかわせることにはどん欲な人間です。人は自分の声に耳を傾けるだけではなく、自分の中に変化を起こしていかなくてはいけません……。

これまでに読んできた心理学の本によると、その答えは無意識下に隠されているように思えてなりません。この「無意識」という言葉をあなたも何度も耳にされてきたことと思いますが、それが何なのか、どう働くのかをご存じでしょうか？

本にはどう書かれているか、ご紹介しましょう。無意識とは、アイデア、衝動、恐怖の巨大な貯蔵庫です。人格をもっとも決定づける部分であり、人の願いをまっ正直に解釈する働きをしています。その性質としては、どんな方法であろうとも、可能なかぎりまっすぐに思いついた方向へと突きすすみ、そこに疑問をもつようなことはしません。ある意味、その機能は驚くほどシンプルであり、純粋に機械的であり、まるでコンピュータのソフトのようです。

信念は、人がまだ子どものころに、ある事実として無意識にとりこまれます。これは四歳までのことで、人がその信念を認知しもう一度吟味してみるまで、ずっととりこまれたままでいるようです。誰かにいわれたひとこと、なにか印象深かったできごとなど、まだ幼い子どもたちにはそのメッセージの正誤の判断もつかなければ、拒絶したり、じっくり考えることもできません。

・「おまえは成功する」というイメージを無意識下に受けいれた子どもは、成功へのプログラムを施されたのと同じことです。

・「おまえは失敗する」というイメージを無意識下に受けいれた子どもは、失敗へのプログラムを施されたのと同じことです。

無意識は、たとえ意識的な欲求とくいちがっていても、自分が受けいれた真実をまっすぐに表現しようとします。さらに、無意識は休むことがありません。認知と解釈を、絶え間なく行いつづけているのです。

一方、意識は自覚的に考えているときや、ぱっとなにかを考えるときにだけ働きます。無意識にくらべ、その働きは圧倒的にすくないのです。

もうお気づきのことと思いますが、無意識はその持続力のため、意識的な頭脳よりもずっと強力です。なにしろ、なににじゃまをされるでもなく、コンスタントに活動しつづけているわけですから。それに、想像を絶するほどの情報や知識をたくわえてもいます。自分が経験したあらゆることは、無意識下に記録されるのです。とにかくすべてが。

というわけで、もしも私たちが本当に生き方を変えるとするならば、自分の欲求を深いところで左右している無意識の活動を解きあかし、プログラムしなおさなくてはなりません。

そして、その調整を行っているときにこそ、変化のためにもっとも必要なツール、つまり想像力が引きだされてくるのです。

無意識と想像力は、情熱的で誠実な恋人同士だといえます。

想像力は、無意識をもう一度教育しなおすためになくてはならないものです。人生をあらためて見つめなおしていくうえで、この事実を深く理解するのはとても大事なことだと思います。

人は、心の言葉を通して無意識を探ることができます。無意識は、義務や命令の言葉、それに処罰や独裁の言葉、そして自制の言葉にすら屈することはありません。「○○をしなくてはならない」「○○をすべきだ」などという言葉で、無意識を教育しなおすことはできないのです。

心の言葉は柔軟で愛に満ちています。それは、自分の内なる子どもの言葉なのです。この言葉を使って無意識に働きかけ、今私たちをしばりつけている意味を見つめなおすことは可能なのです。意識と無意識をつなげることができるなら、それはもっとも強力なタッグになります。というのは、無意識が意識の手助けをしてくれることになるからです。

だから私は自分の潜在意識に語りかけ、意味を見つめなおし、もっと目を見開いていける人間になりたいと思っています。

この「見つめなおす」という行為には、忍耐力が必要です。なぜなら、何度も何度も繰りかえし確かめていかなければ、新しく作りなおされた意味は深く定着してくれないからです。

映画『マトリックス』とはちがい、これは薬を飲んでちがう現実へ入っていくというような話ではありません。これは想像力と自らの声に耳を傾けることとを組みあわせた、時間こそかかりますが、やるだけの価値のあることです。さらにいうならば、人生をかけてでもやるだけの価値がある。

これから、どのように希望を実現させるかを想像していくことにします。そうすれば、人生をどんな角度から見つめていけばいいかというメッセージが無意識に届き、夢の実現への機会を見つけようと、アンテナが張りめぐらされることでしょう。

どんな創作も発明も、そして革新も、最初は想像の中で試行錯誤されるところからはじまります。まるで魔法のような話です。しかし、もしも私たちが生き方を見なおし、クリエイティビティを鍛《きた》え、かぎりない可能性を人生に与えていけるのであれば、それもまた同じように魔法のような話ではないでしょうか。

なぜなら……

どんな偉業も、まずは想像力から生まれでているのです。

自分の中にある常識を超えて変化を起こしていく力は、欲求と意識の狭間《はざま》から生まれ、無意識の力によって加速していくのです。
この二点から、世界でもっとも力のあふれる公式を導くことができます。
I×D＝R
想像力（Imagination）×欲求（Desire）＝現実（Reality）

「不可能であるということを知らない人々が、それをやりとげた」。これこそ、無意識のもつ力を的確にいいあらわした一文ではないでしょうか。無意識と想像力には、限界も障害も、規制もありはしません。すべてが力であり、純粋なクリエイティビティなのです。

私にかぎらず誰しもが、これまでの記憶の中に、そしてこれからの人生の途中に、「変化のキー」をもっているのだと思います。それを自覚することは、クリエイティブな能力をもって生きるということです。

前にも書きましたが、無意識は強制的な言葉を理解しません。そのことから思いだしたことがあります。

教師はいった。

人生でもっとも大事なことは、
強制から生まれはしない。
誰かに食べ物をすすめることはできても、
その人の腹を空かせることはできない。
誰かを横にすることはできても、
その人をむりやり眠らせることはできない。
誰かに話を聞かせることはできても、
その人に耳を傾けさせることはできない。
誰かに拍手させることはできても、
その人を感動させたり熱狂させることはできない。
誰かにキスさせることはできても、
その人が自分を欲するようにすることはできない。

誰かに微笑《ほほえ》むようにいうことはできても、
その人を大笑いさせることはできない。
誰かに自分を褒《ほ》めさせることはできても、
その人に自分を尊敬させることはできない。
誰かに秘密を打ちあけさせることはできても、
その人に信用してもらうことはできない。
誰かによくしてもらうことはできても、
その人に愛されることはできない。
空腹、睡眠、耳を傾けること、感動、熱狂、欲求、大笑い、尊敬、信用、愛……。
これは、力や強制でどうにかなるものではない。
これは、人間の無意識がもつすばらしい働きなのだから。

また手紙を読んでください。そして、もっとおたがいに意識を酌《く》みかわせますよう。

アレックス

ＰＳ　危険をおかす人、ルールを破る人、流れに逆らう人、人とちがう方法を選ぶ人、人の目を気にしない人、真に自分の声に耳を傾ける人、自分は自分の人生を生きて人には人の人生を生きさせようとする人、自由奔放《ほんぽう》に生きる人、システムにあらがって生きる人、欲求に正直に生きて人を傷つけず楽しんでいる人……。彼らを「考え足らずだ」というのは失礼な話です。彼らこそがもっとも意識をもって生き、本当の自分と語りあいながら歩み、それを表現しながら生きている人々なのですから。

Letter 9

自分の深みへ降りてゆくために

「自分は原因であり結果ではないというのは、
恐怖心を消すのに役立つ考え方だ。
新しい力を感じることができるだろう」

ロバート・フィッシャー
『The Knight in Rusty Armor（ナイト　脱げなかった鎧の秘密）』

尊敬するボスへ（たとえどこにいらっしゃろうとも）

無意識と語りあおうと決めたわけですから、私はこれまでとはちがった人生をスタートさせることができるはずです。ですがここで、ちょっとした問題が出てきてしまいました。私は、どうやってそうすればいいのかわからないのです。

いちばんいいのは、誰か信用できる人や、意見をいわずに話を聞いてくれる人に聞いてもらうことでしょう。この「意見をいわずに」というのは大事です。とにかく、考えたり感じたりすることのすべてを思うまま話させてもらうことが必要なのです。恐怖も、夢も、自分が思う自分の限界も、相手の反応にこわがることなく話したいのです。

私が思うに、それはボス、あなたのことです。が、あなたが私の話を聞いてくださっているのかどうか、私にはわかりません。ボス、どこにいらっしゃるのですか？なぜ、ちらりとでも姿を見せてはくださらないのでしょうか。

あなたを頼ることができなければ、ほかに誰を頼ればいいのでしょう。そこで考えついたのは、プロのところに行くということです。セラピスト、カウンセラー、コーチ、心理学者……。誰か、ちゃんと興味をもって話を聞いてくれ、信用でき、自由に表現させてくれる人のところへ。

これまで、姿を現すきっかけも理由もなかった内なる私を探す旅に、その人は同行してくれるのです。その道中で、私は少しずつちがう角度からものを見ることができるようになり、安心して腰を落ちつけられる場所までの道順を思いえがくことができるようになるでしょう。

多くの人が、心理学者や心療内科などを訪れる人は、精神的に問題のある人だと、まちがったイメージを抱いています。そういった場所のドアを叩くのは心の弱い人だとか、プレッシャーに打ちまかされた人なのだと。

心理学者をはじめ、人の内なる旅路の手助けをしてくれる専門家の元を訪れる人々の多くは、「自分の中でなにかがおかしくなっている」だとか「私は完全ではない」と考えています。疑心暗鬼に駆られた彼らは「もしここから出てくるところを人に見られたら、どう思われるだろうか」と自問します。「異常者だとか、なにかの中毒患者だとか、不幸なのだとか、精神が不安定なのだとか、弱いのだとか、悲嘆にくれているのだとか、もろい人間なのだとか、自分が誰なのかわからないのだとか、ものごとを信じられないのだとか、恐怖心がぬぐいされないのだとか、疑うことをやめられないのだとか、人々は考えるかもしれない……」

ですが、そう考えると私は決まって、このひとことを叫ばずにはいられなくなってしまいます。

「だからどうした?」

「なにか問題が?」

「本当に罪のない者だけが、最初に石を投げよ!」

多くの人たちは、真に感情の知性を磨くためには自分の深みへ降りてゆくしかないということに気づかずにいます。この挑戦に臨むには、とても高い壁を越えなくてはならず、それよりも、身のまわりのことに思考をめぐらせるほうが、ずっと簡単なのです。

本当に精神に問題のある人というのは、何らかの助けが必要になっても、それを認めず、受けいれない人のことです。内なる自分との対話を手助けしてくれる心理学者やセラピストを訪ねることもありません。

だから私は、周囲の人たちがどう思うかは考えないことにしたのです。ほかの人たちだって私と同じように、価値ある人生を探しもとめながらもなかなかうまくいかないことを、こわくて打ちあけられずにいるのかもしれません。人はもっと、自分を再発見できるということを、そして自分や自分を手助けしてくれる周囲の人々と対話をもつのに、犠牲をはらう必要などないことを信じるべきです。そうやって多くの人々は、いや、すべての人は、むきあうべき課題を胸に抱えて苦労し、戸惑いながらも生きてゆくのではないでしょうか。いつだって、どんなときだって、見つめなおすべきことは転がっているものなのですから。

ここでふと、また別のちょっとした寓話を思いだしました。「自分はもっとなにか別のもののはず」と考えている、三人のキャラクターたちが登場します。全員、私たちのように、自分たちの運命を不条理な方向へと導いてしまった現実を受けとめながら、人生を複雑にとらえてしまっているのです。

さて、それはこんな話です。

むかしむかし、あるところに赤ずきんちゃんという女の子と、おばあさんと、ずるがしこいオオカミが住んでいました。

どうも物事がうまく運ばない、人生は駆け足ですぎてゆき、とにかく入りくんでいるし、毎日毎日同じことの繰りかえしばかりでうんざりだと考えた三人は、ある日、

名高い心理学者のところへ出かけることにしました。そして、何か月かセラピーを受けたのです……。

赤ずきんちゃんは、魅惑的で言葉巧みなうえに嘘つきなオオカミと話すのをやめようと決心しました。オオカミはいつも彼女をだまして、なんだかよくわからない長い迷路に誘いこむようなことばかりいうのですから。

おばあさんは、小さな女の子のふりをしているけれどもしわがれ声で毛むくじゃらのオオカミを、家に入れるのをやめようと決心しました。そして、人里はなれた森の家を手ばなして、町に小さなアパートを買うことにしました。ついでに、身のまわりの世話や買い物をしてくれるお手伝いさんを雇ったので、嘘つきで獰猛《どうもう》なオオカミたちがいる森を通って買い物に出なくてもいいようになりました。これまでは、娘と孫娘が助けてくれていたので、そういうことをするお金が貯まっていたのでした。

ずるがしこいオオカミは、おばあさんのふりをして誰かのベッドにもぐりこみ、人を襲うのをやめようと決心しました。変装して小さい女の子たちやおばあさんたちをだますよりも、森の中でウサギを捕まえるほうが簡単だということに気づいたのです。

彼は、本当にオオカミらしく生きていくことになったのでした。

こうして、みんなみんな幸せに暮らしたのです。

おしまい！

（三人の主人公たちの、解放と幸福に捧ぐ）

この話の教訓――本当の幸福を手に入れるには、自分に正直にならなければいけないのでしょう。自分をありのままに見て、おとぎ話など信じぬように！

愛をこめて。

アレックス

ＰＳ　マルセル・プルーストいわく「自分から変えようと思わぬかぎり、なにも変わらない。そうやって、なにごとも変わってきたのである」だそうです。人は人生の犠牲者ではなく、自分の人生にちゃんととりくんでいくべきだと受けいれることこそ、生きてゆくには必要なのだと私は思います。

Letter 10

眠っている力を呼びさます

「人は誰でも、生きる目的をもっている。
人と分けあっていける、独特の能力や秀《ひい》でた才能を」

ディーパック・チョプラ
『The Seven Spiritual Laws of Success（人生に奇跡をもたらす7つの法則）』

忙殺されているうえにインフルエンザにやられているボスへ

最初のほうの手紙で、驚くべきパラドックスについて書かせていただきましたが、悲しいかな、そのパラドックスはごく頻繁に起こっているのです。有能なビジネスマンたちは、時間に追われながら自分の人生をちゃんと手がけることができずにいます。彼らは膨大《ぼうだい》な時間を、自社や商品の研究、調査などについやしつづけます。ですが、もっとも大事であるはずのこと、つまり自分自身の人生については、調査も計画もできないのです。原因としては、怠慢、無知、忙しすぎ、そして恐怖などが考えられます。もしかしたら、自身について考えをあらためるということには多大なる実直さや忍耐、そして勇気が求められるからかもしれません。あるいは、そんなことは考えすらしないのかもしれません。

セネカいわく「どの港へとむかっているのかわからぬかぎり、どの風も悪風である」。人生のゴールを見つけるため、まずは自分自身をじっくり見つめなおす必要があるとは思いませんか?

この自己分析をはじめてゆくと、次のような疑問に簡単な答えを出すことができます。

・人生に、どうあってほしくないか?
・自分に、そして自分の人生に、どうあってほしいか?
・自分の武器となるものはなにか——長所や独特の才能など。
・自分は幸せに生きているか、充実しているか、それともあきらめているのか?
・もしも充実とあきらめの中間だと思ったのならば、どうやって幸せになればいいのか？

自己分析は、自分を役立たずと感じていたり、まだまだできるはずだと感じていたり、自分の胸の中に満たされないなにかがあると感じている人々に、人生の確かな方向性と意味を与えるうえで、役だってくれることでしょう。

この分析は、心からの誠実さをもってされるべきです。というのは――なにもかも、よきものは自らの内にあるのですから。

自らの内に眠っている力へと手を届かせるには、ただ自分をしっかり見つめていればいいのです。

大切なのは自分の強さを探し、見いだすことであり、それは、忘れかけている能力を引きだすことにもつながります。これは弱さに立ちむかおうという話ではありません。自分のもつ能力に変化を起こして育《はぐく》みながら、何ができるのかを見さだめていこうという話なのです。心の奥に眠っている能力のホコリをはらいおとし、自分自身で呼びさますのです。そうすれば、自分はこれまで思っていたよりも有能な人間だと気づくことができるはずです。

そのためには、毎日のように繰りかえされる同じような仕事にかまけて、すべきことを二の次にするのではなく、自分の能力にしっかりと注意をはらっていかなくてはなりません。毎日の仕事の九十パーセントは、前日と同じ作業についやされるという統計も出ており、そこから抜けだすのは本当に難しいことです。その結果、毎日のルーチン・ワークをどうこなしていくかばかりを考えるようになってしまうのです。

ずっと前のことになりますが、ある就職面接で、自信とプライドに満ちたようすでこんなふうに答えている人を見たことがあります。「この分野では、十年間にわたって経験を積んでまいりました」と。この面接が終わると、面接官はざっと彼の履歴書に目を通し、いいました。「ちょっといいかえさせていただきたいのですが、あなたは十年間の経験があるというよりも、同じ一年の経験を十回繰りかえしていらしただけのようですね」

では、人のもつ特技や個性について考えてみましょう。というのは、これらによって人は周囲から認知され、立場を作っていくからであり、それぞれの内に宿る特別な性質を解きはなつことができるからです。

自分の強さを正確に把握するには、まず自分自身の姿を、恐怖やそれに付随するあらゆる苦悩を勘定に入れずに考えなければなりません。「自分は捨てられる」「自分はクビにされる」「自分はとりのこされる」といった孤独への恐怖や、「自分は役立たずだ」「自分はなにもわかっていない」「自分はなにも成しとげられない」といった無能への恐怖、そして人格についての「自分はいったい何者なんだろうか」という恐怖などです。

この効果は、それほど早く、はっきりと表れてはくれません。ときとして人の才能とは近くにありすぎて気づかなかったり、すでに表れているのに自分が気づいていないだけだったりすることがあります。どちらにしても、誰か自分を評価してくれる人物や、本当に愛してくれている人の手助けは必要でしょう。

だから……
・ちゃんと自分自身に耳を傾けて、もてる能力を見さだめ、自分の才能と思われることをリストアップしてみるつもりです。

・これを成しとげるため、自分を評価してくれ、人生にも前向きな人たちと話しあってみます。とにかく心を開いて話し、いったい自分のなにが長所なのか、彼らに伝えてもらおうと思います。

まずは、自分が思う自分の強さ、そして人が見ている自分の強さを書きだしていきます。そこに一致する強さが見いだせれば、自分の姿もはっきりと見えてくることになり、在《あ》りようもわかってくるかもしれません。

ですが、それで終わりではありません……。

人には、かつて発揮できていたのに今では埋もれてしまっているか、かつてほどはっきりと発揮されていない能力というものがあります。だから、これまでの人生経験をまとめながら、自分がなにを発展させてきたのかを考えてみるつもりです。

それは、今の年齢だけではなく、これまで過ごしてきたすべての年齢に逆もどりする、まるでゲームのような作業です。今三十三歳とすると、三十二、三十一、さらにさかのぼり、五歳、四歳、三歳、二歳、一歳。私はそのどの年齢でもありえるのです。というのは、自分はかつて実際にその年齢の人間として生き、経験し、その経験の積みかさねのうえに生きているわけですから。次に、その歳その歳に自分がもっていたスキル、適性、才能、強さなどを書きだしてみることにします。

こうして考えていくと、私は目をきらきらさせた、自由で幸福な子どもであり、また知性と人生経験をもった大人だということもできます。愛情ある父親であり、希望に満ちた若者でもある……。私は常にそうだったし、今もそうなのです。すべて、私が歩んできた経験であるわけですから。

人生の方向性を見つけるためには、自分の才能を評価し、誇り、信じ、こわがらずに表現していくことが大切だと思います。

ここでまた重要なのは、実際に自分のもつ能力以上のものをもっているとは考えないことです。とにかく正直でいなくてはならないのです。いったい自分にはなにができ、なにができないのか。かつて、イギリス人の友だちにこんなことをいわれました。

「自分のベストを目ざせ。自分よりベターは目ざすな」

私の知るかぎり、広い意味でもっとも成功している人々は、自分たちの才能や能力を見いだそうとした人であり、今でもそれを続けている人です。目的とその方向を見すえて仕事をし、自分にとってのその仕事の価値と、他人にとっての価値を常に心にとどめてきた人々です。

自分と正直にむきあい、変化を起こしたり人生を見つめなおしたりするのに、まだまだ遅くはありません。

それでは。

アレックス

PS 『愚か者ほど出世する』の中で、ピーノ・アプリーレはこういっています。「自ら考える時間を与えず、他人と同じ欲求をもつよう押しつける。そのように、古いものをどこかに追いやることを目的とした教育が主流にあり、我々はその産物なのである」

おそらく、自分の本当の欲求について考え、それを見つけようとすることこそが、理にかなっているのではないでしょうか。

Letter 11

チャンスは自ら作るもの

「立ち上がり、チャンスを探す人間と、
チャンスを自分で作りだすことのできる人間だけが、
成功をおさめることができる」

ジョージ・バーナード・ショー

親愛なる病みあがりのボスへ

もう回復されかけていると耳にしました。二週間待ちつづけ、どうにもがまんできずまた書かせていただきます。今あなたは、どうしても必要な休暇をとられているのだと、私は思っています。ストレスを解消するための休暇を。人は往々にして、ストレスをためこんだり、くたびれたり、鬱憤《うっぷん》をつのらせたり、燃えつきてしまったりしても、それを受けいれるのにはとまどうものです。受けいれるよりも、むしろ平気な顔をしがちです。社会からのプレッシャーはとても強く、逃げることもできはしません。

そう考えながらふと、私があなたを必要としているように、あなたも私のことを必要としているのではないかという考えに行きあたりました。私は自分の抱える問題にあなたが答えをくださるのを待ちつづけていましたが、自問自答し、自分を分析し、周囲の世界をながめ、自分の内面を探りながら、自分の手で答えを導きだそうとしています。

この過程を、私はあなたと分けあいつづけたいと思っています。きっとそうすれば、私たちは（もしかしたらほかの人々も）もっと幸福な人生を手にすることができるからです。いや、もしかしたら「もっと」ではなく、完全に幸福な人生を手にすることができるかもしれません。

最近の私はどうも、自分の人生にはチャンスがあふれているように思えてなりません。恐怖心は薄れ、前の手紙にも書きましたが「チャンスを含め、いろいろなものを人生に引きよせるのは自分だし、押しやってしまうのもまた自分なのだ」という確信が、かつてないほど胸に芽ばえています。

チャンスとは「場所と時間の合致した状態」と、ある辞書で読みました。今、この瞬間にも、私たちの手元にある人生を自分のものにするためには、自分たちの手でこの「合致した状態」を作らなくてはならないでしょう。

ボス、もしもご自分の人生に報われない、変えなければいけないなにかがあるとお思いなのであれば、本当にそれが自分にとって必要なものなのかどうか、真剣に考えるべきです。報われない状況の中で生きてゆくのは不安で心地悪いものですし、人はどんどん神経を病み、自虐的にならざるをえないからです。

そういった状況を生きていくということはまた、被害者面《づら》を続け、被害者主義者としてふるまい、「いろいろあるけど幸せだよ」などと自分を納得させてやりすごす言い訳にもなります。

被害者主義者のわかりやすい症状は、人生と周囲の人々に対して、常に不平をもらすことです。仕方なくそう生きていると考え、その状況を自分が作っているとは思わずに。そしてときおり（〝ずっと〟の人もいますが）誰かの肩にしがみついたり、顔を埋めて涙を流したりするのです。なにごとも悲観的にとらえ、友人やチャンスよりも敵や恐怖のほうが多いなどと考えがちです。そして、どんなことを経験しようとも、その経験を大事にして次につなげることがなかなかできないのです。

不幸を感じる大きな理由のひとつは、自分をみじめだと思うことに密《ひそ》かな楽しみを見いだしてしまうことです。こんなジョークがあります。

「ねえ、たまには外に出て楽しんできたらどうなの？」

「知ってるくせに。僕は楽しむことを楽しめないんだよ」

人は自ら望む生き方を選ぶことで、最後にはみじめな被害者主義から脱することができます。本当は、どんなに混沌《こんとん》とした道を歩んでいようとも、これからむかおうとする新しい道を切りひらいていくことは、誰にでもできることなのです。

人はときおり、どうチャンスを探せばいいのかわからず、深刻な恐怖にばかり目をむけてしまいます。

しかし恐怖とは、その人がどう現実を受けとめ解釈しているか、という問題に過ぎないのではないでしょうか。どうにもならない、たとえばテロの恐怖などは別として。

人生とは恐ろしいものではなく、ただそこにあるだけのもの。目の前のものはすべてニュートラルであり、人がそれに色を加えていくのでしょう。なにもせっぱつまったものなどなく、せっぱつまっているのはその人自身なのです。

人は、たとえどんなに恐ろしいと思っていた経験にでも、学習と経験を通し、新しい意味を与えていけるものだと思います。

つまり**「人生を脅威《きょうい》とするもチャンスとするも、本人の胸ひとつ」**ということです。

私たちはただそこにあるだけの物を見ており、その物には、本来意味などはありません。人の視野は、感情や、自らの姿を形づくる心理的な、そして社会的なイメージにさまざまな影響を受けています。誰かにとっては挑戦すべき対象でも、ほかの人々にとってはどうしても壊せない壁であったりするように。電車では「ラッシュ」と呼ぶものを、ディスコでは「雰囲気」と呼んだりするように。

選択的知覚のシステムからすると、人間の無意識はものごとを一定方向にしか見ていないのだそうです。そこに解釈が加わると刺激が生まれて脳に届き、「自分」「周囲の人々」「状況」という三つの要素を含んだイメージを作りあげるといいます。

解釈されたイメージには、ポジティブなものからネガティブなものまで、大きな開きが見うけられます。またその鮮烈さも強いものから弱いものまであり、身に引きおこす変化の度合いもさまざまです。もしもネガティブな自分像をもっていれば、現実はみじめで悲しく、救いも変化もないように目にうつり、ポジティブな自分像をもっていれば、現実は心地よくはっきりとしたものに見えるはずです。

このイメージの中の自分の姿が、人生における新しい刺激をどうとらえるかを決定づけます。よい反応をしていくための能力は、刺激と、とるべき反応のあいだに存在しています。

決断は、個人的なものです。意識が高くなればなるほど、決断の自由もまた増えていきます。

幻の恐怖を引きずりつづけることをやめるには、考え方を変え、ものの見方を変えるだけでいいのです。そして、自分の声にじっくり耳を傾ければ、それまで恐怖だったはずのものが、一転してチャンスへと変わってくれるでしょう。

そこで私は「見えないものは信じない」という考えを、「信じていないものは、もちろん見えない」と置きかえることにしました。つまり、自らチャンスを作りだそうと決めたのです。

チャンスは偶然にやってくるだけではなく、自分で作りだすことができる。

まず私たちは自分の欲求を知り、それをどう表現すればいいかを考えるべきではないでしょうか。

その欲求をかなえたいと思うよりもかなり頻繁に、人はまるで赤ん坊のように、周囲の人々に甘えてしまいます。周囲にはその人の欲求が何なのか、想像がついてしまうことが多いからです。

私の友人に才能あるソングライターであり詩人でもある男がいます。現在三十五歳で、本物の天才だと私は思っています。最近まで彼の夢は、ある有名な歌手に自分の詩を唄ってもらうことでした。ある日、一緒に夕食を楽しんだあとで、彼がこの欲求を私に打ちあけてくれました。私の返答は、いたってシンプルなものでした。「じゃあ、その人に連絡して、自分の作品をEメールで送ってみたらどうだい？」。彼は驚いた顔をして、身じろぎひとつしませんでした。「僕が？　だけど……誰も僕のことなんて知りはしないんだよ！　そんなことをしたら、どう思われるか。本当にそんなふうに思うのかい？　彼はきっとすごく忙しいはずだ。読んでなんてくれないはずだよ……」

「そんなの、試してみないとわからないじゃないか」と私は答えました。そして彼は、実際に連絡をとってみたのです。今、ふたりは一緒にアルバムを作る準備をしているところです。

今さらという感じもしますが、自分が正しいと思うものを求めることでチャンスを呼びこめることもあるのです。そしてときには、単に願っているだけでも。昇級でも誰か好きな人との食事でも、なんでもです。

人生に訪れるチャンスの量と質は、それにむきあった人のそのときの生き方に比例するものだと思います。

こういいかえてもいいでしょう。

「チャンスは私たちの鼻のすぐ下にぶらさがっている。さあ、釣り竿と釣り針を用意しよう！」


愛をこめて。

アレックス

PS　オスカー・ワイルドの言葉です。「先のばしは、人々の機会を奪う殺人者である」。そして、古い寓話を見ても、それは確かです。

ある若い男が、人生の夢を熱く語った。

「それでは、いつごろその夢を実現しようと思っているのかね？」教師が尋ねた。

「チャンスがあれば、すぐにでも」若い男はそう答えた。

「チャンスは訪れないだろうね」教師がいった。「なぜなら、もうここにあるのだから」

Letter 12

いわれたままに生きていないか

「人間は、自分へと続く道を見つけ、
もっとも基本的な言葉を使っていうならば、
人もしくは個人にならなくてはいけない。
どの人間も、歴史の中で生まれて消えてゆくだけの
存在として生まれてきたわけではなく、
運命をつむぎ、永遠を見つめ、
魂の救済を得るために生まれてきているのだ」

イムレ・ケルテース『Moments of Silence While the Execution Squad Reloads
（執行部隊が弾丸をこめる沈黙のひととき）』

見えないボスへ

手紙を書きはじめて何週間かが過ぎ、まだずっとひとことのお返事もいただけない

ままですが、私はあなたをより身近に感じるようになっています。はじめて、私の書いていることにあなたが興味を示してくださったような、それがあなたのお役にも立つような、あなたが注意深く耳を傾けてくださっているような、そんな気分になっているのです。

そのおかげで、こうして続ける気力もわいてきています。

前にも書きましたように、人は誰でも現在の人生、欲求、才能、目標、そして本当の情熱を見つめなおす必要があります。さらに、障害や無意識の恐怖などを乗りこえる自分の姿をよりはっきりと描かなくてはいけないことも、書きました。

つけくわえさせていただくとすれば、人が乗りこえなくてはならない最大の障害は、自分に対してもっているイメージです。このイメージを自分の姿として、人は信じているからです。前の手紙にも書きましたが、そのイメージが作られるのは幼少期のことであり、心の白紙ページがまだたくさんあるうちに、周囲の人々の言葉やスケッチが、そこに書きこまれてゆくのです。両親や、兄弟や、叔父・叔母や、祖父母や、教師たちのことが……。

ちょっと前に、感銘を受けた本があります。ソーウォルド・デスレフセンとルディガー・ダールケによる『The Critical Stages of Life（人生の限界）』という本で、二歳の子どもの日記を編集しなおしたものです。


火曜日、八時十分。カーペットに香水をこぼしちゃった。いいにおいがした。ママは、香水がなくなったので怒っていた。

八時四十五分。コーヒーの中にライターをおっことしちゃった。パパとママはおこってぼくをぶった。

九時。キッチンからおいだされちゃった。もうはいっちゃだめだといわれた。

九時十五分。パパのお部屋からもおいだされた。ここももうはいっちゃだめ。

九時三十分。ようふく入れからカギをもってきてあそんだ。ママはカギとぼくを見つけられなくて、おおごえで名前をよんでいた。

十時。赤えんぴつはっけん！　カーペットにらくがきして、またおこられた。

十時二十分。ししゅうの針をもってきてまげた。もう一本ソファにつきさした。も

う針をさわらせてもらえなくなった。

十一時。牛乳をのまなくちゃいけないのだけど、水のほうがいい！　ぼくが泣きだしたら、ぶたれた。

十一時三十分。たばこを折ったら、たばこの葉っぱがでてきた。おいしくなかった。

十一時四十五分。へいの下でムカデをおいかけた。あかい虫がいっぱいいるのを見つけた。おもしろかったけど、もうやっちゃだめだといわれた。

十二時十五分。うんちをたべた。へんなあじがした。もうたべちゃだめだといわれた。

十二時三十分。サラダにつばをはいたら、たべられないっておこられた。もうつばはいちゃだめだって。

十三時十五分。おひるねのじかんだけど、おきてた。ベッドのうえにすわってた。さむかったっていったら、あったかくしてなくちゃだめだといわれた。

十四時。かんがえていたのだけど、なにをやってもだめだといわれるのなら、なんで生まれてきたんだろう？

レア・リベイロ博士によると、アメリカの科学者たちによって、子どもたちが日々なにを聞きながら生活しているかという研究がなされました。その結果、〇歳から八歳までの子どもは、平均して一日に三十五回「ノー」をいわれながら育つのだそうです。

ひどい話だと思いませんか？「ノー」と「やっちゃだめ」を繰りかえし繰りかえし聞かされつづけた子どもたちは、やがて人生にすら消極的になってしまうのではないでしょうか。

子どもの行動を制限することを批判しているわけではありません。ですが「ノー」といわれることが当たり前になり、冒険心が奪われてしまったとしたら、子どもたちはすこしずつ自発性を失い、親密さを受けいれることをしなくなり、人の声に耳を傾けることや分けあうこと、危険を冒すこと、さらには新しい経験をすることへの興味を失ってしまうでしょう。

たとえどんなにポジティブな意図をもっていっても、育ちざかりの子どもにとっていいとはいえない言葉は、「ノー」のほかにもたくさんあります。「いい子ね」「悪い子ね」「ハンサムな子ね」「かっこ悪いわね」「大切な子」「強い子ね」「かわいい子ね」「かっこいいわね」「お姫様みたい」「なにもできないのね」「もっとよく考えなさい」「おじいちゃんによく似てるわ」「本当に口が達者ね」「きっとモテモテになるわよ」「あなたの将来が心配だわ……」などをはじめ、あまりにもよく耳にするがあまりにも曖昧《あいまい》な言葉、「あなたは特別なの！」などもそうです（いったい特別な何だというのでしょう）。

とにかく、そういった言葉を通して私たちは自分が何者であり、どうなるべきなのかを知ることになります。さらに、この刷りこみは無意識下に入りこんで、人の習性をまだ幼い段階で方向づけてしまうのです。この手の言葉の裏に隠されているメッセージをまとめると、次のようになります。

・人を大事にしなさい。
・完璧《かんぺき》になりなさい。
・強くなりなさい。

・てきぱきやりなさい。
・努力しなさい。
・注意深くなりなさい。

自分や周囲の人々をじっくり観察すれば、いったいこの「指令」がどう表れているか、はっきりとわかるでしょう。人それぞれ、いくつかの指令をほかのものよりも強く受けとめているようです。

たとえば「人を大事にしなさい」という指令を強く受けとめ、やがて自分をすっかり失ってしまうまで守りつづける人。不安を和らげてくれるさまざまなものにしがみつき、父親や母親の姿を投影できる誰かだとか、自分を受けいれてほしい誰かだとか、愛する誰かが去っていってしまわないよう、必死で喜ばせつづける――。「人を大事にする」という言葉の裏には「どんな人のことも大事にできるはずだ」という幻影が隠れているように思います。

「完璧になりなさい」という言葉も問題があります。「もっと上手《うま》くできるはずよ」といわれつづけた子どもは、それを「僕はずっと上手くできていないんだ」と解釈してしまうでしょう。そうなると、その子どもは人生の時間の多くを自分が思いえがく完璧を求めることについやし、決してそこにはたどりつくことができなくなってしまいます。「完璧になりなさい」という言葉の裏には「とにかくなにもかも完璧にできるはずだ」という幻影が隠れているのです。

すっかりお馴染《なじ》みともいえる「強くなりなさい」という言葉は、感覚、恐怖や悲しみといった感情、そして温かさを抑圧するあまり、心臓発作の原因につながることさえあります。たとえば、いつも「男の子は泣いちゃだめよ」だとか、さらに具体的に「人生はつらいものなんだから、強くならなくちゃいけない」だとかいわれた子どもは、それを「なにも感じてはいけないのだ」と解釈してしまうかもしれません。そして「僕は感情を表に出さないぞ。強くなるんだから」と考えるようになり、感情を表現しなくなってしまうことも考えられます。この言葉の裏には「人に感情を見せてはいけないのだ」という幻影が隠れているのです。

「てきぱきやりなさい」については一目瞭然《いちもくりょうぜん》なので、あまりいうことはありません。これが心にあると、すぐにまちがいを犯しがちになり、短絡的な決断をしがちになり、時間をかけないことに必死になり、ついには、あまり考えぬまま生きてゆくようになってしまうでしょう。西洋の国々では、人はそこかしこでてきぱきと生きています。なにもかも、すごいスピードで進んでいくのです！「てきぱきやりなさい」という言葉の裏には「早くしないといい結果には結びつかない」という幻影が隠れているのです。

「努力しなさい」という言葉は、文明に潜《ひそ》むまた別の悪魔だといえます。この言葉をとりちがえて受けとってしまった人々の中には、「努力なしで成しとげられたものに価値はない」という無意識の声にあやつられている人もいます。だから彼らは現実性のない目標を定め、効率的ではない方法でそこにたどりつこうとし、結果的に、自ら人生をごちゃごちゃにしてしまうのです。

最後に「注意深くなりなさい」ですが、これは何もせず過ごしたり、自分をじゃましたりするための格好の言い訳にもなりえます。というのは、この言葉によって行動は常に危険や恐怖と結びつけられてしまうからです。これを「危険だから、なにもしてはいけない。でないと大変なことになるかもしれない……」というふうに解釈することもできます。人々は、なにかを成しとげようと思ったり、挑戦しようと思ったりすることをやめてしまうでしょう。

ボス。私たちは過去にいわれたままに生きていないか、もう一度考えるべきだと思います。なぜなら私たちは、そんなものではないからです。

愛をこめて。

アレックス

PS　かのアントン・チェーホフいわく、「人は自分が思うとおりのものである」だそうです。あのアヒルの話以上に、これを上手くいいあらわしている話があるでしょうか。そう、白鳥たちと出会うまで自分のことをアヒルだと思いつづけていた、あの醜《みにく》いアヒルの子の話です。突如として彼はまちがいに気づき、自分がほかのものだったのだと知り、悪夢から覚め、そして偽りの自分でいつづけることをやめたのです。

それまでの彼は、無視され、見くだされ、ひどい扱いを受け、自信もほとんど失ってしまっていました。というのは、無意識に被害者の気持ちになってしまい、そこからどう抜けだしていいのかわからずにいたからです。そして、自分の本当の姿のヒントすらも知りませんでした。
しかし、彼が本当の姿を見つけて、迷うことなく胸を張りはじめると、周囲はそれを認めて彼を敬うようになりました。そこにたどりつくため、彼はほかの白鳥の誇らしげな姿を目の当たりにする必要がありました。ほかのなによりもりりしく美しい白鳥たちの姿を。

こんなことが、多くの人々に起こっているように思います。

Letter 13

さまざまな「私」と本当の「私」

「人は、物をありのままの姿ではなく、
自分のフィルターを通して見ている」
アントニオ・ブレイ・フォンクベルタ

ボスへ

これまでにこのことについてお考えになったことがあるかどうかわかりませんが、生まれたての子どもは、ある程度育ってからの子どもにくらべて、かぎりなく多くのチャンスをもっているのではないでしょうか。先の手紙に書かせていただいたとおりに計算すると、平均的な子どもは四歳の誕生日を迎える前に五万回も「ノー」を耳にしていることになります。この時点で、人生の限界を無意識に感じてしまっていてもおかしくありません。

人類が誕生したとき、その限界は空でした。ですが、私たちは次第に自らの限界を設定しはじめます。二メートル、二百メートル、二キロ、二千キロ……。それが、床からほんのわずか浮いただけのところである場合もあります。その限界に支配されながら、人は生きてしまいがちです。単純に生きるというだけではなく、生きるためにいい稼ぐために。これは、自分たちは存在しているだけでもう生きているのだと、人々が思っていないせいではないでしょうか。

生まれたとき、人は信じられないほどの学習能力と発展の可能性をもっています。ですが、時間がたつにしたがって、私たちはそこにある現実にすこしずつ適応していきます。子どもたちにとって両親や祖父母は、自分より三倍も背の高い、神のような存在です。子どもたちが生きてゆくためには、彼らに従うよりほかにないのです。もしも身の丈五メートルの大男がとつぜん目の前に現れて、厳粛《げんしゅく》な声で「黙ってそれを食べろ」といったら、あなたはどうするでしょう？　そうするよりほかにないのではないでしょうか。

人は自分の経験を通して自分を把握し、特徴をもつようになり、それが個性となって、人とはちがう個人になっていきます。ですが、誰もが「現実の自分と理想の自分」「しなくてはいけないことと本当にしたいこと」のあいだで分離してしまっているように思えます。環境、状況、活力などによって、ひとりの人間の中にもさまざまな「私」が現れては消えてゆきます。そして、そんな分裂した人生を送ってしまった結果、人はくたくたにくたびれはててしまうのです。

問題は、人々がこの分離を抱えたまま、人ではなく物のように扱われてしまっていることでしょう。たとえば……

・誰かのブレイン、両手両足、心として（さらには、権力を示すものとして使われることもあります）。
・誰かを痛めつけたり、脅《おど》したり、苦痛を与えるための武器として。
・単なる娯楽や、ストレス解消の相手として（のぞき見主義やセクハラなど）。
・家具や道具として（人の恐怖、欠点、不安、フラストレーションを映しだす鏡。忘れたい過去をしまいこんでおけるクローゼット。生活を彩る花瓶。いつも同じところに飾っておく絵画。絨毯《じゅうたん》。ゴミ箱。過去を洗いながす洗剤など）。

・つまらない仕事の道具として（直接は関わりたくない相手とのあいだの潤滑油やちょうつがい、カナヅチ、ドリル、ボルトなどのお役立ちツール）。

もしも自分の能力を道具として見られ、自分でもそう思いながら生きてゆくのだとしたら、「自分はいったい何なのか」はせいぜいわかったとしても「自分はいったい何者なのか」という疑問には、永遠に答えられないでしょう。

私は、こう思うのです……

人のための道具としてではなく、自分という人間として生きてこそ、幸福は訪れる。

個人として生きるということは、人間らしく生きることの第一歩だといえます。人間らしく生きるには、やはりまたプロセスが必要になります。おそらく、ヴァージニア・サターほど「人間らしく生きる」ということをしっかり理解している人も、そうはいないでしょう。

1、誰かに居場所や行き先を決めてもらうのを待つよりも、自分として生きることを受けいれる。
2、感じるままに感じ、「人がこの立場だったらどう感じるか」などとは考えない。
3、考えるままに考え、それを口にする。本当にいいたいのか、それとも黙っていたいのか、本当にそれでいいのかを考える。
4、冒してもいいと思った危険は冒す。ただし、その責任を自分が背負えるときだけ。
5、自分の欲するものを探してゆく。誰かがそれを運んできてくれるのを待っていても、しかたがない。

人間らしく生きてゆくために自分を見つめなおすには、意識的に自分の声に耳を傾け、自己分析をしなくてはいけません。そうすれば自然と、自分の能力や本来の姿が見えてきます。

分離した個人からそこにいたるまでは、長い道のりです。格闘技の初心者が白帯から黒帯（つまり達人の域）まで到達するのと同じくらい大変で、技術だけではなく、能力と真実を見きわめるシンプルな目と、深い知恵をも要求されることになります。どうか、一日も早く回復されますよう。とにもかくにも、ご自分が元気になれば、人々を元気にすることもできるのですから。

アレックス

PS　以前「子どものころの自分に見られても恥ずかしくない生き方を、あなたはしているはずだ」といわれたことがあります。これを聞いたとき、どれだけ救われたことか。ボスにもこの言葉をお贈りします。

Letter 14

人生のカギはわがままさの中に

「わがままさとは、
生きたいように生きるということではない。
周囲の人々を、思うように生きさせたいと願うことだ」

オスカー・ワイルド

ボスへ

これから書こうとしていることで、もしかしたらご不快な思いをさせてしまうかもしれません（特に、あなたがもしも私と似た育ち方をされたのならば）。ですが、そのまま書かせていただこうと思います。いいたいことは「場合によっては、わがままになるのもいい」ということです。私も、そう生きようと思っています。

いやむしろ、そう生きなくてはならないのです。なぜなら、正しいわがままさとは前の手紙にも書きましたとおり、自分に新しい目的を与えるためのカギであり、自分の人生を全体的に見つめなおすカギでもあると思うからです。

新しい目的を得て、人間らしくなっていくにしたがって、自分の立場を大事にしながら思いを表現してゆくこともできるようになります。いいかえるならば、立場が変わり、新しくなると、周囲の人々の視線も変わっていくものだということです。

しかしそこには、危険な可能性も待ちかまえています。人間らしく生きるために変化の道をたどりはじめたのを、周囲の人々が理解してくれなかったり、後押ししてくれなかったり、受けいれてくれなかったり、最悪の場合、気がふれてしまったのではないかと思われたりするかもしれません。

なぜなら、変えることは不可能だと思っている人にセラピーは効かず、彼らにとって人生はいつでも厳しいものであり、自分の進むべき方向も自分では決められないからです。ただ世界がまわるにまかせて、楽園にたどりつきたいという気持ちも忘れてしまっています。彼らにとって、それが可能であると目の前で見せられるのは不愉快なことです。自分が信じている足場にむかってまっすぐに飛んでくる魚雷と同じようなものなのですから。彼らはいつでもあなたのじゃまをし、「そんなことはできないよ。時間の無駄だ。現実を見ろよ！」などといったり、ありがちな「そのうちわかるさ」などというセリフを口にしたりします。

もしそうなったら、神にも人と同じようにできないことがあると思いだすことです。人生の充足（幸福、成功、繁栄、輝き……。好きな言葉でかまいませんが）を得るためには、じっくりと努力をしなくてはいけない時期が訪れるものです。そこで他人に理解されているかどうかなど、ほんの些細《ささい》なことです。自分がわかっていればいいのです。それで十分なのです。

わがままであることは、自己中心的であるとか、傲慢《ごうまん》だと受けとられることもあります。「あの人は自分が大好きなんだ」「あの人は自分のことばかり考えている」という印象を強く与えることにもなります。ですが、だからどうしたというのでしょう？ 成功への束縛から解きはなたれるためにわがままになるのは、そんなに悪いことなのでしょうか？

私が必要だと考えるわがままさは、強欲《ごうよく》さや狡猾《こうかつ》さやけち臭さとは、まったく関係のないものです。わがままになれば、人は「これをしたら何といわれるだろう？」「これをしたら人はどうするだろう？」「嫌われてしまうのではないだろうか」「受けいれてもらえないのではないだろうか」「愛してもらえないのではないだろうか」などと考えずに済むようになります。

自分の能力を自覚し、いい意味でのわがままさを身につけてはじめて、人は自分を愛するように他人をも愛せるようになるのではないでしょうか。自分をじっくり見つめ、認め、愛さないかぎり、本当の意味で人を愛することはできないと思います。

自分を解放し、私たちを都合よく利用しようとしたり、物みたいに扱ったりする人を遠ざけるには、このわがままさは絶対に必要でしょう。それを身につけてこそ人生を見つめなおすことができるようになり、幼いころに刷りこまれた「指令」を自分の力とすることができるのです（「人を大事にしなさい」「完璧になりなさい」「努力しなさい」「てきぱきやりなさい」「注意深くなりなさい」などです）。

時と場合によってわがままであるということは、なんと健全なことでしょう！　それは子ども、大事な人々、親友、本当に必要な人々……。彼らに注ぐ十分な時間とエネルギーをもつということでもあります。当然、ほかの決まりごとと同じように、そこには例外もひとつあります。たとえば子どもがいる場合は、そうそうわがままになってもいられません。というのは、子どもの人生は、自分の人生よりも優先して考えるべきだからです。

ですが、いい意味でわがままになって人生を見つめなおすことが、子どもにとってプラスに働くこともあります。そうすれば、子どもたちとの時間を存分に楽しむ自由をもつこともできるでしょうし、教育に傾ける情熱をもつこともできるでしょう。しかし悲しいことに、子どもの存在はよく、人生を変えずにいることの言い訳にもされがちです。「いろいろ手がかかるし、それだけで大変なんだ」とか、よく耳にする「とにかく恵まれた環境で育ってほしいんだ」とか、そういう言い訳です。でも実際に子どもたちにいちばん欠けているのは、両親と共に過ごす時間や、気にかけてもらう時間や、抱擁《ほうよう》なのです。もしも、わがままであることと同じくらい大事なことがあるとすれば、それは、子どもたちが健やかに育つことにほかならないのではないでしょうか。

いつだったか、親友にこういわれました。「もしも今やっていることをやりつづけたら、今と同じ以上のものは手に入らないだろう。なにか新しいものやちがったものを得ようとしたら、新しいことやちがったことをはじめなくちゃ」。この言葉に「いい意味でわがままになって」とつけくわえさせてください。

心よりの敬意をはらうとともに、あなたがいい意味でわがままになれますよう。

アレックス

PS　オスカー・ワイルドいわく「自分を愛することは、生涯続くロマンスのはじまりである」。

さらにクラウディオ・カーサ博士が『The Painter's Palette（画家のパレット）』の中で、こんなことを書いています。

自分で思い描く障害物、偏見、頭のかたさ、そして抑制などは、能力を最大限に発揮したり、自分自身を確立したりしようとする自発性を奪ってしまう……。

人生を複雑にすることができるのならば、逆にシンプルにすることもできるのでは？

はっきりとした意志とすこしの無邪気さをもち、すこし実用主義的になるだけで、人は正しい方向へとむかうことができる。

もしもいやなことがあれば「ノー」といい、苦しいことがあればやめてしまってもいい。誰かの手が必要なときには救いを求め、誰かに手を差しのべたいときには差しのべる。泣きたいとき、叫びたいときには、泣き、叫ぶ。そんな生き方はどうだろうか？

誰かとつながりたいときには心を開いてみてはどうだろう？　そして幸せなときは、大声で笑ってみるといい。

人を見るときには、先入観をもたずにただ受けいれてみてはどうだろう？

今生きているのであれば、必要なのは現実だけ。過去も未来もいらないと考えてみては？

本当に必要なものを自分に与えて、本当の自分になってみては？

なんとも素晴らしい言葉です。
クラウディオ、ありがとう！

Letter 15

心のコンパス

「心から願うことをやりなさい。
そうすれば、不満を感じることもなく、
妬《ねた》むことも、となりの芝を青く思うこともない。
新しく自分が手にいれるものに感動し、
打ちふるえることはあっても」

ミッチ・アルボム『Tuesdays With Morrie（モリー先生との火曜日）』

友人でもあるボスへ

ホルへ・ルイス・ボルヘスが「いちばんの罪悪は、幸福ではないことだ」といっています。これは、まさにそのとおりだと思います。

ある辞書で「幸福」と引いてみたとき、「所有することの歓びと……」という解説に出会いました。なんとひどく、なんと低俗で、短絡的な解説でしょう。幸福と物の所有感を結びつけるなど、ありえない話です。

多くの人々が、人生のある時点で「物欲が満たされないと幸福にはなれない」という考えに陥りがちです。それは、とにかく物に囲まれないと幸せにはなれないという、経済学的もしくは蒐集《しゅうしゅう》家《か》的な発想です。

とにかく、我を忘れて物を集め、集め、集めるのですから。

その実は、こういうことです。

世の中には、お金もないのに、必要のないものや経済的に考えれば買うべきではないものにお金をついやす人たちがいます。もう得ているはずの充足感をさらに求め、他人やいやな相手に対して自分をよく見せるために。家には似つかわしくないものや、使い道がないものがあふれ、借金を抱え、神経を酷使《こくし》しながら、幸福へのまちがった道を歩いてゆくのです。

幸福を得るのに必要なのは「物」ではなく「もの」なのです。精神を満たしてくれるもの、自分を満たしてくれるもの。平穏、時間、活力、友情、いい会社、健康、人生をかけたとりくみ、打ちこめる仕事……。そんなものなのだと、私は思っています。

単純になにか物を手に入れるだけでは、幸福にはなれません。幸福とは、毎日毎日を、瞬間瞬間を、そして自分の今いる場所を楽しむ気持ちなのです。

そして、自分のしていることが人生の道となり、それでお金を得られるのであれば、それこそが正しい道なのです！

私は、幸福とは「自分の人生は正しい方向をむいており、意義がある」と信じること、つまり、心のコンパスをもつことだとかたく信じています。「自分は今、安心して自分を感じられる道を歩んでいて、心の空虚を埋めるために物に頼ったりしなくてもいいのだ」という気持ちは、とても心地いいものです。

ですから、自分の人生の方向性、そこに意義はあるのかと、いま一度自問してみてもよいのではないでしょうか。

方向性をもつというのは……

自分の決めた道筋を歩んでゆくこと。

その道筋を決めるうえで、相談にのったり手助けしてくれる誰かがいると考えること。

とにもかくにも、ホーム——自分が自分として、本当に愛する人たちと過ごせる場所——をもつことです。

意義についても、語るべきことは多くあります。人生の意義を見いだすというのは、自分の人生に起きたこと、その重要性を理解する、ということです。本質的にはひとつの質問に集約されます。

あなたはなんのために生きているのですか?

この質問にちゃんとしたシンプルな答えを出すことは、とても大事なことです。というのは、自分のほかには誰ひとりその答えを出してはくれないからです。

そして、この質問に答えることができたとき、目的を定めてステップを踏みだすことが、驚くほど楽になるでしょう。意味や目的、人と分けあう気持ち、知識、知恵、慈愛《じあい》の心、楽しみ、美しさ、経済力、生きてゆく力、輝きなどは、自ら人生に与えていけるものなのです。

人は誰でも、自分の歩んでゆく道や人生のゴールを、自分の手で選ぶことができます。どのゴールにも、どの終着点にも、必ず報いは待っています。あなたにも、そして周囲の人々にも。ゴールや終着点を選ぶために頭を悩ませることには、確かな価値があるのです。

成功へのビジョンを描くには、人生の方向性と意義を見いださなくてはなりません。そして、それには時間がかかるものです。

自分の心の奥深く、とても大事な魂の中から届く小さな内なる声、その声に耳を傾けて、ようやく見つかるものなのです。人生の方向性と意義を見いだすことで、幸福へのカギが見つけられるのだとしたら……

それを探す旅に出るべきだとは思いませんか？

なにかしなければいけないとは思いませんか？

もしかしたら私たちは、もうそれをはじめているのかもしれません。

愛をこめて。

アレックス

PS　ジョン・レノンの言葉をあなたにぜひ読んでいただきたく、ここに書きしるしておきます。「人生は僕らがほかの計画を練っているあいだに過ぎてしまうんだよ」

Letter 16

自分探求の旅へ

「人間として一歩前進するには、自分自身についてよく考え、仮面をはがし、先入観を捨てて人の中の自分を見つめなおさなくてはならない」

ホルヘ・ブカイ

最愛なる友へ

さあ、今こそ仮面を捨て、鎧を脱ぎ、自分をさらけだすときです。思いこみ、プレッシャー、そして憂鬱の世界から抜けだすために。

さて、私がずっと手紙を書きつづけている「ボス」が、本当は自分自身であると、打ちあけるべきときがきたようです。私たちは同じ人間なのです。私ははじめから、自分に宛《あ》てて手紙を書きながら、答えを探しつづけていたのです。

今、ようやく私が自分の人生のボスであると受けいれるときがきました。人生の方向性を定めるときが。

それと同じように……

あなたもまた、あなたの人生のボスなのです。

あなたも、自分だけの新しい方向性を見つけるのです。

そう、あなたはもう歩きはじめたのです。

まだ、それを自覚していないかもしれませんが……。

その道がどこまで続くのか、私にはわかりません。

ですが、あなたはもうその道の上に立っているのです。

あなた自身の道の上に。

たとえそれが、まだしっくりきていないとしても。

いったい、なぜだかわかりますか?

だって、あなたは今これを読んでいるではありませんか。
答えを求めて。
幸福を見つけだそうとして。
人生に方向性と意義を見いだそうとして。
自分自身を見つけようとして。

自分自身を見つけるということは、すべての幸福の源流なのです。

おめでとう。ようこそ！
あなたに会えて、本当にうれしい！
このページを通して、おたがいに出会えたことが。
いったい誰に、そんなことが予想できたでしょう？
ページ上で出会うだなんて。
本当に心の底から、ここに来てくれてありがとう。
一緒に旅をしてくれて、ありがとう。

一緒に道を探してくれて。

探す過程のひとつひとつをあなたと分かちあってこなければ、ここにたどりつくことはできなかったでしょう。今、これを読んでくれているあなたと。

あなた、私、そして同じく道を探しているたくさんの人々と。

まだ気づいていないかもしれませんが、あなたはずいぶん遠くまでやってきたのです。

どうか、おめでとうといわせてください。

生きることは、本当に冒険そのものです。

探求の冒険なのです……。

自分を見つけるのだという意志をもち、時間と心、そして神経を注いで幸福な人生を探してゆくのは、本当に本当に大変なことです。

なかには、それを受けいれられない人々や、挫折してしまう人々も多くいます。彼らは自分にもなにかができると思っていないのです。誰かの手に自分の人生をゆだねてしまっているのです。そのままでも、やっていける人々なのです……。

どうか覚えておいてください。この世に、ボスはいません。ボスになれるのは唯一自分だけで、そうやって人は成長してゆくのです。

人生のボス――本当に自分の人生を背負って歩んでいけるのは、自分だけなのです。

それを疑ってはいけません。

受けいれることも、拒絶することもできるでしょう。

そう考えるのがいやな人もいるでしょう。

ですが、それが真実なのです。

これこそが、確かな、そして、必要不可欠な摂理なのです。

「責任の摂理」なのです。

もしもその責任を誰かの手にゆだねてしまったら、手つかずの問題が残り、繰りかえしあなたの元へ舞いもどってくるでしょう。何度でも何度でも受けさせられる、厳しい試験のように。

人生には絶え間なく問題や責任が降りかかり、いったい誰が人生のカギをにぎっているのか、そして、人生がいったいどの方向へむかっているのかを問われることになるでしょう。

その問いかけは言葉ではなく、感情でなされるものです。不愉快で、ときに痛く、人を戸惑わせるような感情で……。正しい方向にむかわず、幸福への歩みを止めてしまっているときは、体にそれが表れることになります。ストレスを感じ、具合が悪くなり、苦しい思いをすることもあるでしょう。

本当の欲求と無関係の生き方をしていると、なにかがおかしいというメッセージが発せられるのです。そして人は体や心を病むようになってしまいます。

とにかく大事なのは、自分のホームを見つけ、内なる声に耳を傾けて自分を探し、未来への方向性を決めることなのです。

やがて時間がたち、私たちはゆっくりと気づくことになるでしょう。自分を見つけ、道を歩み、自分の決めた方向へと進み、どの一歩も人任せではなく自分自身の足で踏みだしてゆく、大きな喜びを。

そして、平穏かつ幸福な気持ちで、こう自分にいってあげることができるでしょう。

私は自分の人生を歩んでいる。
自分で決めた道を、
自分の意志で歩きはじめた。
私の人生の筋書きは、
私が書く。
自分だけの価値基準で。
自分だけの方法で。
幸福への道を。
成功への道を。

そう自覚できるというのは、人の人生をも尊重することができるということです。
だから、探しつづけ、前に足を踏みだしつづけましょう。まだまだ先は長いのですから。

愛をこめて。

アレックス

PS　今日から私は、あなたにむけて手紙を書くことにしようと思います。実のところ、最初からずっとあなたに宛てて書いていたのですけれども。というよりも、あなたの心の中にいる、あなたのボスにむけて。あなたの方向性と心のコンパスをにぎっている、あなたの内なる力にむけて。

マルセル・プルーストいわく「知恵は、誰かに与えられるものではない。誰にも止めることのできない旅路を経て、自ら発見するものである」。

どうぞ、このまま読みすすめてください。

まだまだ、あなたにお話ししたいことがあるのです。

Letter 17

「人生の脚本」は書きかえられる

「未来を守ることはできない。
人はただ現在を失うのである」

イヴァン・クリーマ

親愛なる読者へ

未来はいろいろな要素で作られていきますが、そのほとんどは、あなた自身が形づくります。

あなた自身と、あなたが関わることで生まれる周囲の環境が。

自分からなにかを生みだそうという意志の力と能力が。

そしてなによりも、人生の方向を定め、必要な変化を起こし、自分にとって必要のないものは捨てさっていこうという決断が。

本当の自由を手にすることができるのは、現在の自分にしがみつかず、「本当はどうなりたいのか」を考えることができたときだけです。

ですが、どうやってその目標を見つければいいのでしょうか？

この問いに答えるには、映画やその登場人物、そして脚本などに喩《たと》えてみるといいでしょう。

いい映画を観《み》おわったあとというのは、現実に戻るのにいくらか時間がかかるものです。もしも感動したのならば、我に返ってもまだ涙が流れているかもしれません。もしも怒りを感じるような内容ならば、まだあなたはぐっと奥歯を噛《か》みしめているかもしれません。もしも英雄と戦争の映画だったなら、世界を征服できるような気になっているかもしれません。知らず知らず人は映画の登場人物になりきり、感情移入してしまっているものです。つまり、その登場人物の身に起こったドラマ、歓《よろこ》び、冒険、そして不運などといったものや人格を、あなたは自分に重ね、とりいれているのです。

すこし前のこと、心理セラピストのエリック・バーン博士が「患者はみんな『人生の脚本』にしたがって行動している」という調査を発表しました。事前に用意されたそれこそ脚本のようなものをなぞり、それが自分にしっくりくるかどうかとは関係なく、そのとおりにする義務があるかのように感じてしまうのです。

さて、私が「義務」という言葉を使ったのは、なぜでしょうか。

脚本に沿って誰かを演じるということは、作者が作った人物をなぞることです。結果的に、その登場人物でいたいと思えば、ずっとその脚本をなぞりつづけるしかなくなってしまいます。そうしないと、職場でも人生でも、まるで自分の役割が失われてしまったような気になり、堪《た》えがたい思いをするからです。

しかし、人間の人生にあらかじめ筋書きがあっていいはずがありません。

子どもたちがその脚本を作りはじめるのは、幼児期のことです。多くは両親の影響で、そうでない場合はたとえば祖父母、教師、兄や姉など、近い役割を果たしている大人たちからの影響です。

子どもが成長し、歳をとるにしたがって、いろいろな経験をして、この脚本は少しずつ書きかえられていきます。

幸運なことに、この「人生の脚本」は、書きあげられたときには映画の脚本と同じように、まだまだ書きかえがきくようになっています。忘れてはならないのは、この書きかえがされるのは、人が新しい脚本家になり、人生をどう生きようかと考えて「よし、じゃあこう変えてみよう」と決心したときだけだということです。鉛筆と消しゴムを手にもち、自分が思いえがくように書きかえていくことができるのです。

簡単なことではないですが、自分を見つめ、そのあやつり人形――つまり自分ですが――を動かしているのはいったいなにかを考えていけば、必ず成しとげられるでしょう。


あなたの欲求はあなた自身のものなのか、それとも親のものなのか。

あなたが選んでいる生き方は自分で選んだのか、人にいわれて選んだのか。

あなたの仕事は好きでやっているのか、それともそうではないのか。

人間関係、性別、宗教、政治、幸福、成功などについてのあなたの信念は、あなた自身のものなのか、それとも親のものなのか。

はたして、自分がそれで満足できるのかどうか、ちゃんと考えてみてください。

レター12で私が書いた「指令」が、どう働くのかをご説明しましょう。同じ手紙の中で、子どもたちが日々聞かされる「ノー」についても触れました。

バーン氏によると、「指令」の多くは両親やほかの人々が強い感情で口にする言葉を繰りかえし耳にすることで子どもたちに伝わる「言葉ではないもの」なのだそうです。ときには、劇的な状況などからも伝わることがあるということです。

バーン氏を含め人生の脚本の専門家たちは、基本的な「指令」をいくつか挙げています。
1、「存在してはいけない、生きてはいけない、成長してはいけない」
これは疑う余地もなく、人々の手からすべてのチャンスをとりさる最悪の「指令」です。この「指令」は「子どもをからかう」「子どもをしばらくほったらかしにする」「けがをしたり、本気でこわがる子どもをからかう」「子どもを甘くみる」「触れあいをもたず、手をかけない」……。つまり軽く見たり、無視したり、大切に思わずに接したときに形づくられるのです。また、人生とは厳しいものだ、そのために稼がなくてはならない、生きることは苦しいことなのだと繰りかえしいわれつづけることも、その原因です。
2、「なりたいものにならず、自分自身でいてもいけない」

これは、自分は本当はちがう性別なのではないか、もっと体も顔もちがったらよかったのに、もっと背が高ければ……という思いを抱かせる「指令」です。これをもつ子どもは、自分が本来もっている願望とはちがう両親の期待を背負わされているものです。

3、「思いをとげてはいけない」

これは両親の目で自分を見て、自分の思うままになにかを成しとげることへ多大なる恐怖を抱いてしまうものです。

4、「なにも知らない」

ほかの子どもたち、大人たち、そして自分たちの出した結果を統計的に我が子のそれとくらべる両親は、この「指令」を与えてしまうでしょう。

5、「近づいてはいけない」

肉体的な触れあいができず、子どもを放任しがちな両親は、この「指令」を子どもに与えてしまいます。子どもは孤独感、孤立感をもち、交友関係や親密な関係を作りあげることが苦手になってしまいます。

6、「ひとりでいなさい」

これは、悲しいことに「誰とも一緒には過ごさないでいよう」と思っている人によく見受けられる「指令」です。もともとは、他者に拒絶される痛みから自分を守るために働くものです。

7、「子どものままでいなさい」

肉体的にも精神的にも自然な発育を阻《はば》もうとする両親の意志が、この「指令」の元です。過保護で過剰な両親の愛情が、大人になれない子どもを生みだしています。ピーターパン・シンドローム、つまり、大人になることを拒絶して子どものままの視点で人生を歩んでゆくことにつながります。楽しみばかりを欲する非常に子どもっぽい生き方になり、責任感をもつことができません。自発的に生活することが難しく、妥協もできなくなりがちです。

8、「大人らしくしなさい」

7番と共通点がないわけではないのですが、対照的な「指令」です。子どもが子どもらしく過ごすという自然に反した「指令」で、ついつい弟や妹や病気の家族、そして「子どものままでいなさい」の声に支配された大人になりきれない両親などの過剰な期待に、責任を抱えこんでしまいがちです。

9、「だめ！」

この言葉をいわれつづけた人は、考えたり感じたりすることはしても、実際に行動には移しません。疑心暗鬼、優柔不断。彼らにとって、行動を起こすことは危険なことなのです。心の奥底に潜むこの「指令」は、楽しみへの恐怖心と結びついているのです。

10、「あなたのことはどうでもいい」

悲しいことに、この「指令」はますます多く見受けられるようになっています。これは、子どもと過ごす時間をもつ両親がすくなくなっているからです。両親が口にする「一緒にいてあげられないの」という言葉から、子どもは「僕のことなんてどうでもいいんだ」と感じてしまうのです。そう感じた子どもは言動を控えるようになり、なるべく目立たないようにふるまい、大人として頼りにされることを避けるようになるのです。

11、「あなたには価値がない」

この「指令」は、本当は子どもよりもなにか救済が欲しかった両親によって形づくられてしまいます。その裏には両親の、ものを感じられないつらさや自尊心の欠落といったものが潜んでおり、それを補完したいという欲求が表れているのです。そのため子どもに神童になることを望んでしまいます。

12、「考えるな」

この「指令」が形づくられるのは、子どもたちの質問が無視されたり、からかわれたり、適当にあしらわれたりしたときです。また、この「指令」を両親の生き方に繰りかえし感じて、そこから自分も身につけてしまう子どももいます。つまり、両親が考えていないと感じてしまっているのです。たとえば、宗教のように重要なものやセックスのようにタブー視されているものについて、子どもが自分たちとちがう考えをもつのではないかという不安は、両親にとってはとても恐ろしいものです。この「指令」は「今考えていることは忘れなさい」「とにかく考えちゃいけません」などなど、さまざまなレベルで働きます。

13、「感じるな」
恐怖に感情がかき消されてしまったり、両親によってそう教育されたりすると、これが姿を現してきます。
14、「私を超えてはいけない」
子どもにもやもやしとしたライバル意識や嫉妬《しっと》を感じながら、子どもの成長を自分の衰退だと受けとめる親もいます。悲しいことにこれは、子どもとのスポーツやゲームなどに負けた場合にどうすればいいのかをよく知らない両親によく起こる話です。イライラしてゲームを投げだしてしまい、結果を受けいれたり再試合したりはせず、子どもを突きはなしてしまうのです。
15、「楽しんではいけない」
楽しむことを罪だとか、悪いことに続く前ぶれだとしてしまうと、この「指令」が形づくられてしまいます。

さて、ここでの疑問は、これらの「指令」は常にそこにあり、健全な精神の成長や、自然で温かな人生を妨げ、押さえつけているのだろうかということです。人生の脚本は、そこからは書きかえられないのでしょうか？　答えはもちろん「ノー」です！　どの「指令」にも、その逆の「許可」があるのです。

1、生き、存在し、成長していく許可。
2、自分自身でいる許可。
3、思いをとげる許可。
4、知ることの許可。
5、近づく許可。
6、一緒にいることの許可。
7、成長する許可。
8、子どものままでいる許可。
9、なにかをする許可。
10、大事な存在でいる許可。
11、価値を得る許可。

12、考える許可。
13、感じる許可。
14、人を、そして自分を超える許可。
15、楽しむ許可。

こういった許可は、個人として成長したり人生の脚本を書きかえるのには、欠かせないものです。両親に与えられた「指令」とさよならをしようと決めたり、それを抱えていることに気づき、「これは欲求を押さえつける障害物だ」と気づいたりしたときに、この許可を自分に与えることになります。いったん許可をとりいれると、自分を見る目も人を見る目も変わり、さまざまな面で影響が出てくることでしょう。

人が自分に与える最初の許可は、おそらく「生きる許可」——生きるために働く許可ではなく——です。そして、すこしずつ新しい許可をだしながら自らの人生に責任感をもてるようになり、変化を起こす能力を身につけてゆくのです。

自分で舵《かじ》とりをしようとする勇気をもったとき、人は自分の目ざす港にむけて、人の手を借りながら航海することができるようになります。そのためにはまた、自分たちが作りあげた信念、確信、価値などといったものが、人生にとってプラスになるのかどうか、見さだめる必要があるでしょう。

なぜなら、私たちは皆、はっきりと個性をもつ個人個人だからです。誰かにその解釈をゆだねてしまっていいはずがないのです。

もしも望むのであれば、筋書きは自分で変えられるのです。

さあ、紙と鉛筆、消しゴムを用意するときです。

あなたの人生の脚本に、与えられるだけの許可を与えるときです。

望みさえすれば、光を放つことは誰にでもできるのですから。

こんな歌があります。「あなたは永遠に光り輝く。あなたにはそれだけの価値がある」

これこそが真実です！

アレックス

PS　アントニー・デ・メロの書いた物語の中に、この手紙とほぼ同じようなものがあります。その物語もまた、人生の脚本だと私たちが思っている、自分の姿についてのものです。

ある男が、鷹《たか》の卵を見つけた。男はそれをもちかえると、鶏《にわとり》小屋の中に入れた。卵から生まれた鷹の子は、小屋いっぱいの鶏に囲まれて成長していった。彼女は自分のことをすっかり鶏だと思いこんでいたので、鶏たちと同じように過ごした。ミミズや虫を求めて地面をほじくりかえし、鶏と同じように鳴いた。本物の鶏のように羽をばたつかせながら、数メートルの距離を飛んでみせたりもした。その姿は、鶏そのものだった。

何年も過ぎて、鷹はすっかり歳をとった。ある日、彼女がふと空を見あげると、はるか頭上の空に、見たこともないほど見事な鳥が飛んでゆく姿が見えた。優雅にゆっくりと、たくましい黄金の翼をじっと広げたまま、鳥は空に浮かんでいた。
年老いた鷹はそれを見あげ、すっかり驚いた。「あれはなんです？」彼女は、そばにいた鶏にそう尋ねた。「あれは鷹です。鳥の女王ですよ」鶏はそう答えた。「でも、うらやんじゃだめ。私やあなたとは、ぜんぜんちがうのだもの」そこで鷹は、その日見たものについて考えるのをやめてしまった。そして、自分のことを小屋の中の鶏だと思いこんだまま死んだのだった。

鶏だと自分のことを信じながら死んでゆくのは、恐ろしいことです。そう信じていたら、飛ぼうとしてみる者すらほとんどいないのですから。

ブエノスアイレス出身の私の親友アルフレッド・カプトから、こんな言葉を聞いたことがあります。「墜落してけがをするのはものすごくこわいものだけど、それでも、本当の歓びは頭上にしかないんだ。飛びたいという気持ちと翼さえあれば、そこには届くんだよ」

ときどきこわくなってしまうことはありますが、心配はいりません。正しい道の上を歩いていれば、恐怖心などやがてかき消されてしまうのですから。

さあ、飛びたつときです！

Letter 18

仕事は情熱を表現する手段

「長いあいだ、ずっとやりたくもない仕事をやっていた人は、
やがて定年を迎えて仕事を辞めてしまう。
でも、僕の最大の夢は
九十歳になっても今の仕事をやりつづけること。
一年に一本映画を撮り、それを何年も続けていきたいね」

ウッディ・アレン

「すべきことは、本当にやりたいことを見つけだして、
それに心のすべてを注ぐことだ」

ラビンドラナート・タゴール

友人たちへ

セーレン・キルケゴールがいうには、「もっともよくある欺《あざむ》きは、道を選ばず、自分自身として生きようとしないことだ。だが、もっと根深い欺きは、自分としてよりもほかの誰かとして生きようとすることだ」。

自分の本当の姿を受けいれ、その姿で生きていこうと決意したとき、すべての歯車が嚙みあい動きだします。

忘れてはならないのは「自らの姿を思いえがくとき、人は必ずいくらか劣った人間像を想像する」ということです。

人の意識も無意識も、あなたがちゃんとした自意識をもち、自発的に、しっかりと生きてゆけるよう導こうと、力を与えてもらえるのを待っているのです。

これこそが、世界でもっとも強い力だといえます。なぜなら、クリエイティビティも現実を変えてゆく力も、そこから生まれるのですから。

これは本当に、奇跡です。

だから……

幸福から遠ざかるようなことは、なにひとつしないこと。

「自分はどうするのか」を考えることよりも、「自分はなにをしたくないのか」を考えるほうが楽なものです。そこをスタート地点にするといいでしょう。

それを考えたら、こわがらず、誰にも遠慮せず、「自分の人生の目標は、楽しみ、情熱をのびのびと放つことだ」と口に出していってみましょう。これは、深い正直さと勇気をともなう行動になることでしょう。

情熱とあなたならではの能力を結びつけたとき、幸運がどっと押しよせてきます。私の経験からいうと、情熱をもって仕事ができている人ほど、内なる能力を強く引きだすことができています。そういう人々にとって仕事とは、人としてものを見ていくための力強い目をもつことなのです。

『かもめのジョナサン』の著者のリチャード・バックが「やりたいと思えば思うほど、それを仕事だとはいえなくなってくる」といっています。

仕事とはそんなふうに、「これをしなくちゃいけない」ではなく「これをしたい」

という思いでするものです。それこそが根本から人を満たしてくれる仕事なのです。空腹のときの食事や、眠いときの睡眠のように。

どんな基本的欲求も、満たされているときは心地よいものです。さらにいいことには、人が心から歓びを得ることのできる状態というのは、この根本的欲求が満たされてこそ訪れるものです。人が進歩し成長してゆくために、これは理想的な道筋だといえるでしょう。

やがて仕事は自然に、クリエイティブな表現へと変わってゆきます。稼ぐために働くという意識はなくなり、表現と創作の手段となってゆくのです。

それとは逆に、喪失への恐怖を動機に仕事をしていると、気持ちがくたびれ、疲れはててしまいます。そのようなとき、人の天職と本職はかけはなれてしまっているのです。このことは、これまでの手紙にずっと書いてきたとおりです。

深く本質的な欲求を見ながらベストをつくしていかないかぎり、成功をつかむのはとてつもなく難しくなってしまいます。

感情の動きによく注意していないと、チャンスは気づかないうちに目の前をどんどん通りすぎていきます。もしかしたら気づいていながらも、生活の不安や恐怖心に負けて、活かせないこともあるでしょう。それは日々、情熱のある暮らしから遠ざかってゆくのと同じことだといえるはずです。

日々をオーケストラにたとえるなら、誰もがそれぞれのパートを演奏し、人生のシンフォニーを作りあげているのです。ですが、自分のしていることに情熱がもてなければ、そのパートをうまく演奏することはできません。情熱があってこそ、自分を中心になにかを起こしてゆくことができるようになるのです。

深く考えるならば、仕事とはあなたの天職を表現することであり、情熱を表現することであり、もって生まれたあなたならではの才能や適性や能力などを表現していくことでもあるはずです。私たちはそれを自分の手で、人生の脚本の中に書きいれていくのです。

まずは目的を見つけるためにどれだけの力が必要なのかを考え、次にそこにたどりつくための計画を練ることです。

人生は、本当にすばらしいものです。

あなたに、心からの祝福を。

アレックス

PS　ネルソン・マンデラの言葉です。「自分自身でいることをあきらめてしまえば、人生の幅はどんどん狭まってしまうだろう」。どうか、人生のゲームから降りてしまおうなどと考えないでください。引き分けでもいいやなどと妥協はしないことです。人は思ったより有利にゲームを進めていけるのですから。一度負けてしまえば、二度負けるでしょう。ですが一度勝った人は、もう一度勝てるのです。いや、ずっと勝ちつづけることだってできるのです。

Letter 19

あきらめぬ忍耐をもつ

「無理だと思う人は、
やっている人のじゃまをしてはいけない」

トーマス・エジソン

読者の方々へ

今や、地球が太陽の周りをまわっているというのは、誰でも知っている事実です。重力の存在もそうです。体じゅうを血液が循環しているということもそうです。人間とサルの遺伝子が非常に似かよっているということもそうです。それと同じくらい、あまりにつらい過去の経験を人は思いだすことができなくなるというのもまた、疑いようのない真実だといえます。

天才は、ちがう角度から現実を見ているものです。彼らは想像し、物を作るために脳みそをフル回転させ、信頼できる確かな事実を手にスタートします。そして新しく発見したものを、誰にでもわかるような言語に翻訳していくのです。簡単なことに思えますが、これには四つの要素が必要です。

・考え方を知ること（視点をもつこと）。

・良質な情報（質問し、調査し、聞き、そしてなによりも、その情報をもつ人の感覚を信じる）。

・結果を残せないという危険を恐れないこと（これには勇気が必要です）。

・なにより、自分たちの発見を広めていくことを恐れないこと（これには膨大な勇気が必要です。コペルニクス、ガリレイ、ニュートン、アインシュタイン、セルヴェット、ダーウィン、フロイト、マンデラなど、人間に新しい理解と宇宙を与えようとした人々も、それは同じだったはずです）。

ここには、もうひとつほかの要素もあります。とりわけ欠かせないのは、忍耐力なのです。

キュリー夫人、エジソン、アインシュタイン、ガウディ、フロイト……。かの天才たちは自らのプロジェクトに、強い忍耐力をもってとりくんできた人たちばかりです。

彼らもまた、成功のために人と同じようなことを積みかさねてきたのです。その成功の前には、幾度とない失敗を、彼らもしているのです！　周到な準備、強い意志、そして、どんな結果でもまじめにむきあう誠実さをもって。

偉大なる詩人、ジャコモ・レオパルディが、こんなことをいっています。「忍耐は、もっとも英雄的な行為である。それは、そこに英雄的なものがまったく表れないからである」。これは、まさに真実です！

エジソンが電球を完成させるまでに千以上の失敗を積みかさねたというのは、有名な話です（ためしに一から千まで声に出して数えてみれば、それがどんな数だかわかるはずです）。なぜそんなに失敗を積みかさねてまで挑戦を続けられるのかと問われると、エジソンはしっかりとした声でこう答えました。「ちょっと訂正させてくださ い。私はただの一度も失敗をしてはいません。今の私は、電球を作れない方法を千通り知っているわけですから」

生まれつきの天才など、ほんのひとにぎり。多くの天才たちは忍耐力をもち、得意分野をもつことでクリエイティビティを発揮するようになるのです。パブロ・ピカソが、はっきりとこういっています。「インスピレーションとクリエイティビティがいつわくのかは、わからない。わかっているのは、できることはなんでもやるのだ、ということだ。そうしていれば、それらが訪れたときに、私のことを見つけてくれるから」

才能を活かして生きてゆくためには、能力を伸ばすために我慢を続けたり、ゴールへとむかってゆくための情熱が欠かせません。

家はすぐには完成せず、空から降ってくるわけでもありません。カテドラルのようにしっかりとした建物は、ひとつひとつ石を積みあげて造ってゆくのです。何年もの歳月をかけながら。

力を確実なものにするには、忍耐力のセメントで塗りかためなくてはいけない。

誤解しないでいただきたいのは、私は「天才になれ」といっているのではないということです。彼らを見て、模範とすることが大事なのです。彼らが忍耐を積んでいることを知っていれば、私たちが選ぶべき道も見えてくるはずですから。

さあ、あなたは挫折《ざせつ》し不平をいうことに時間をついやすでしょうか。それとも、力を伸ばし夢を実現させることに時間をついやすでしょうか。後者には情熱、仕事、そしてちゃんと成しとげるのだという意志が必要です。

覚えておいてください。人は、自分の望みをかなえるための道を険しくすることも、じゃますることもできます。そして、自分ができなかった理由を他人のせいにすることもできるのです。

愛をこめて。

アレックス

PS　「人生を愛していますか？　それじゃあ、時間を無駄にはしていられませんね。人生とは、時間ですから」。ベンジャミン・フランクリンの言葉です。こんな話がありますので、読んでみてください。

私のゴールは千キロ地点。ちょっと遠いような気もするが、コースを決めて、歩きはじめることにした。

ちょうど半分の距離、つまり五百キロ地点に着いたころ、なんだか勇気がそがれてしまった。くたびれはてて、終わりが見えない気持ちになった。

だから私は振りかえり、これまでたどった五百キロの道のりを、すこしずつたどりなおしてみた。

出発点までもどったとき、私はすっかり疲れはて、悲しい気持ちになり、やる気を失った。労力も時間も、無駄にしてしまったと思ったからだ。

ふと私は考えるために足を止め、「もどってみよう」と決めたときの自分を考えた。私はなんという大馬鹿者だったのだろう。

私は千キロを歩きとおし、あろうことかスタート地点に立っている。あのまま前をむいて歩いていれば、今ごろはゴールに着いていただろうに。

その心は、

忍耐力をもつこと。そして、明日まで延ばさないこと。

なぜなら、明日もまた今日であり、今日にはまた明日があるからです。明日はいつまでたっても明日でしかありません。「明日しよう」と思ったことは、今日するべきなのです。

Letter 20

幸運を明確にイメージする

「成功の九十パーセントは、目に見えて表れる」

ウッディ・アレン

敬愛する友人へ

障害物、失敗、ゴールからの後退……。悪運による、思わしくない結果の数々。人はそういったものをネガティブに受けとめてしまいがちですが、実はそれこそが、願ってもないポジティブなものなのです。

それに関係ある、私が大好きな話をひとつしましょう。カルロス・G・バレスという人の『Ligero de equipaje（小さな手荷物をもって）』という本の中で見つけたものです。

一頭の年老いた馬と畑を耕しながら暮らす、年老いた中国人の農夫がいた。ある日、馬が山の中へと逃げこんでしまった。隣人たちは老人の元を訪れて悔《く》やみの言葉をかけ、なぐさめようとした。だが、老人はいった。「悪運？　幸運？　どっちともかぎらないさ！」

一週間がたった日のこと、馬は野生の馬の群れを引きつれて、山から姿を現した。隣人たちはまた老人の元を訪れると、口々に祝いの言葉をのべた。だが、老人はいった。「悪運？　幸運？　どっちともかぎらないさ！」

野生の馬の一頭を飼いならそうと農夫の息子が試みたが、馬に振りおとされて脚を折ってしまった。誰もが、これはなんという悪運かと思った。だが農夫はいった。「悪運？　幸運？　どっちともかぎらないさ！」

何週間かたったある日、軍隊が町にやってくると、健康な若者たちを徴兵していった。だが、脚を折っている農夫の息子だけは徴兵を免れたのだった。さあ、これは幸運だろうか、それとも悪運だろうか。

このように、なにごとも最初は単なる不運かと思っても、実は幸運だったりするものです。逆に、最初は幸運だと思っていたことが、実は不運につながる道の入り口であることも多いのです。

この農夫の考え方を見習えば、私たちがこれから歩んでいこうとしている道のりはずいぶんと楽になり、もっと幸福に生きてゆけるようになるでしょう。

人は運について、「これは悪運だろうか、幸運だろうか、それとも……」などと頭を悩ませることをやめるべきです。「見えない不思議な力に人生は作用されてしまう」などとは、考えないほうがいいのです。

かつてヴェルディがいったように、自信と共に生きていけば「内なる音楽を解放できる」のです。

さあ、行きましょう！　自分の内なる音楽を楽しみ、じっくりと仕事にとりくみ、自分のプロジェクトを見すえ、夢を築きあげるのです！

そして、もしも自分の歩んでゆく道筋になにか障害物が立ちはだかったときは、こう考えるのです。「悪運？　幸運？　どっちともかぎらないさ！」

幸運はある程度、イメージすることで実現するものです。たとえばスポーツ選手などは、その面で非常に長《た》けています。彼らは見て、感じて、生きて、その経験を通してイメージを作りあげ、競技場に足を運びます。

「なにを仕事に望むのか」「人生をなににかけるのか」「自分はどうなりたいのか」そんなふうに、自分がこれまでに残してきた実績と、これから手に入れたいものを明確にイメージすることが大事です。

どんな環境を手に入れたいのか。どんな環境であれば安心して過ごせ、自分は幸福だと思えるのか。

そのイメージを胸にとどめ、幸福感、充足感、平穏、ユーモア、達成感を胸に呼びおこしてみてください。そうすれば、「自分は満たされた生き方をしているのだ」という思いがこみあげてくることでしょう。あなたにとって最高の仲間はあなたの無意識であり、その言語はイメージを通して伝わってくるのだということを、いつでも胸の片すみにとどめておいてください。無意識の中に自分の望む環境を描きもとめ、それを手に入れるべく動き、それを手にすれば満たされて生きていけるのだということを、疑わずにいることです。

このようにポジティブに考えることで、恐怖心や疑念は消えていきます。そして、同じように幸福を求める周囲の人や状況にも作用し、引きつけていくので、自分のためにも人のためにもいい結果につながることでしょう。

もしもあなたが望むのならば、小さな一歩を踏みだしてみませんか？　そうすれば、あなたにも魔法が見えてくるはずです。

アレックス

ＰＳ　もしもこれまで感動したフレーズ、言葉、詩、スピーチなどや、本、歌、映画などの言葉からなにかひとつを選ぶとすれば、それはこれでしょう。

これは「The Invitation（招待）」という作品で、私がもっともおすすめしたい同名の本に収録されているものです。作者は、北アメリカのネイティブ・アメリカンの習慣や信仰にも造詣《ぞうけい》が深いカナダ人女性、オーリア・マウンテン・ドリーマーです。

この作品を読んだとき、私は自分自身の本質と触れあったかのような気分に、とつぜんなりました。余計なものがすべてとりはらわれ、本当に大事なものだけがそこに残ったような気分になったのです。それこそが、本当の自分の姿なのでした。

生きるためにあなたがなにをしているか、私には興味がありません。
それよりもあなたがなにに心を痛め、
心の欲するものを叶《かな》えようと望んでいるかが知りたいのです。

あなたが何歳なのか、私には興味がありません。

それよりもあなたが危険をかえりみず愛し、夢を見、
人生という冒険を歩んでいるのかが知りたいのです。

どんな星々があなたの月と並んでいるのか、私には興味がありません。
それよりも胸の悲しみの中心にあなたが手を触れたのかが知りたいのです。
人生の痛みを乗りこえて立ちあがったのか、それとも
痛みに堪えかね打ちひしがれてしまったのかを。

私たちふたりの痛みを胸にあなたが過ごせるのかを知りたい。
痛みを隠そうとせず、忘れようとも繕《つくろ》おうともせずに。

私たちふたりの歓びにあなたが身を任せられるのかを知りたい。
すべて解放してあなたが踊り、指の先からつま先まで、
危険も、現実も忘れ、人間の限界などというものも忘れ、

その歓びで満たされていけるのかを知りたい。

あなたの話して聞かせてくれることが本当なのか、
私には興味がありません。
それよりも人のことを考えず本当の自分になれるのかが
知りたいのです。裏切りの告発を恐れることも、
自分の魂を裏切ることもなく。

あなたが本当に信頼できるような
真心をもてるのか、私は知りたいのです。

毎日楽しいことばかりでなくとも、
あなたがそこに美しさを見いだしていけるのか
私は知りたい。そして、人生そのものから

力を得ていけるのかどうかを。

失敗をその手に抱えあなたが生きていけるのか、私は知りたい。
湖のほとりに立ちすくみ、空に浮かんだ銀色の月に
「生きていける」と叫べるのかを。

あなたがどこに住んでいようと、私には興味がありません。
あなたがいくらもっているかにも。それよりも、
苦しみと落胆の夜を越え、骨の髄《ずい》まで打ちひしがれても
子どものために立ちあがってくれるのか、
私は知りたいのです。

あなたが誰なのか、私には興味がありません。
あなたがどうやってここまで来たかにも。

それよりもこの炎の中心に私と一緒に
ひるまず立っていてくれるのか、
私は知りたいのです。

あなたがどこで、なにを、
誰と勉強したのか、私には興味がありません。それよりも、
なにもかもに突きはなされたとき、なにがあなたを内から導いたのか、
私は知りたいのです。

あなたがひとりきりで時間を過ごしながら
空虚な瞬間の中にいるもうひとりのあなたを
きちんと愛していけるのか、私は知りたいのです。

Letter 21

成功の基準を決めるのは自分

「するか、それともしないか。ほかにはない」

『帝国の逆襲』（ジョージ・ルーカス）

友だちへ

私たちはしばしば上の空になり、人生の迷路に迷いこんでしまいます。自分のことが考えられなくなり、自分という個人よりも物について頭を悩ませ、ねじまがった社会的成功、つまり名声などという虚栄心を満たすためのものを求めてしまったりします。

そうなると、社会的な枠組みの中に自分を置き、そこでどう成功するかと考えがちになります。たとえば休日のゴルフや、スポーツカーでのドライブや、異性に好かれることなどが、成功の基準やイメージになってきたりするのです。

一方、知性ある成功は、自分の意志が働いており、その目的へのステップひとつひとつさえも楽しめるものです。この場合、シンプルな人生を生きてゆく人もいれば、そうでない人もいます。これは、人によりけりでしょう。

とにかく大事なのは、あなたが「自分は自分の人生を生きている」と実感することであったり、内なる自分との摩擦《まさつ》がないことであったり、心を開いてよりよい社会のために貢献していくことであったりするのです。

仕事での充足はとても大事です。それだけの時間、人は仕事をしながら人生を生きてゆくのですから。一般的に、起きている時間の半分、人は仕事をしながら人生を過ごすのです（それ以上の人もたくさんいます）。

だから……

自分なりの成功、自分なりの道をイメージし、それを基準としてもつこと。

ほかの人に「成功とはどういうものか」と尋ねたり、ほかの人の基準に合わせるのではだめなのです。なぜなら、ほかの人たちは「どこへ行けばいいのか」は教えてくれても、「どうやってたどりつけばいいのか」は教えてくれないし、あなたのために計画を立ててはくれないからです。

もしも人を頼ればあなたは迷宮に入りこみ、さんざん迷って高い代価を支はらったあげく、絶対に抜けでることができなくなってしまうでしょう。

あなたが自分の道を見つけることができるのは、あなたが自分で行く末に成功の基準を定めたときなのです。それが決まれば、そのまま人生の目標が浮きぼりになってくることでしょう。

自分を見つけ、自分を見いだし、自分になる……。

それが、自分なりに生きるということです。

やがて人生は、あなたが思うよりも大きく応えてくれることでしょう。

人が望む自分の姿を考え、それに合わせて生きていくのではだめなのです。

社会的成功などというものは、いつ虚しくかき消えてしまってもおかしくないものです。なぜならそれは、本当の幸福の代用品に過ぎないからです。

書店に足を運べば、仕事に飽き飽きした人々にむけられた自己啓発書が多く並べられています。人は気力を失い、つらい日々を送っているのです。そして最終的にほかの人々の願望を自分の願望とすり替えるという、重大な過ちをおかしてしまうのです。

たとえば死の間際に、「僕はもっと幸せになれた！　もっといろいろできることがあったんだ！　あれもこれもやりたかった、できるだけの力があったんだ！」などといいのこさなければならないとしたら、それはなんとやりきれない話でしょうか。

そんなことがあってはいけないのです。

もっと早く、そのことに気づき、考えるべきなのです。

今、目の前のカーテンを取りはらい、もっとちがう生き方をするのだと口に出していうべきです。

具体的にいうならば、自分の才能と仕事が合っているのかを考え、たとえば宝くじや遺産の相続などで大金が転がりこんできたとしたら、今の仕事をそのまま続けるだろうか、と自分に聞いてみることです。

もしも答えが「イエス」ならば、それは問題なく、今やっていることこそがあなたのやるべきことなのでしょう。あるいは、お金を勘定に入れずに考えられているということです。お金は、情熱と引きかえにはできないものですから。

あなたに成功が訪れますように。

アレックス

PS 『In The Wheel of Life（人生は廻る輪のように）』の中で、エリザベス・キューブラー・ロスはこう書いています。「自分にとって大事なことをすることが、自分にとって大事なのです。そうしてはじめて、死が近づいたときに人生を祝福できるのです」。おそらく成功に関しての言葉の中で、この言葉はいちばん的確なものだと私は思います。

Letter 22

努力が実らないときには

「バラの葉を引っぱれば早く育つというような時代に、
私たちは生きている。
幸福は、生きる速度に反比例している」

レイモン・パニッカル

愛されている友だちへ

私たちは種をまき、収穫しますが、どの種も育って実をつけるまで時間を要するものです。近道はどこにもありません。私の親愛なる友人アルフレッド・カプトが以前、忍耐と我慢についてこんなことを書いてきました。人の望みや願いを熟成させることの大事さ――。ちゃんと水やりをすれば、いつの日か美しい花を咲かせるのだと。私がそれを読んだときのように、あなたにも感動が訪れるといいのですが。「日本の竹」

という題名で、その文章は送られてきました。

日本の竹に関して、とても面白い話がある。種を植え、肥料をやり、ちゃんと水をやる。最初の数か月、目に見える変化はなにもない。実際、最初の七年間、種にはなにも起こらないのだという。だから経験不足の人などは「自分はダメな種を買ってしまったのだ」と勘ちがいしてしまう。だが七年たってみたら、どうだろう。竹はなんと六週間のうちに三十メートルにも伸びるのだ！

さて、これは本当にたった六週間で成長したというべきなのだろうか？

まさか！　これは、成長するのに七年かかり、それが現れるのに六週間かかったということだ。最初の七年のあいだ、種はあとで成長するための複雑なシステムを、土の中で作りつづけていたのである。

日々の暮らしの中で、人々は手近な解決法を探し、短絡的な幸せを求めがちだ。達成というものは内なる成長の結果でしかないということも、それには時間がかかるということも理解しないままで。

こういった人たちは、すぐに結果が出ることを期待するが、いよいよ結果が出る直前に挫折してしまったりする。そういう短気な人々に「成功というのはじっくり我慢し、正しい時を待てる人の元に訪れるものなのだ」と信じてもらうのは、本当に大変なことだ。

これとまた同じ話だが、ときおりどうしてもなにも変わらないときがある。これはひどくフラストレーションのたまるものだが、ここであきらめてしまっては元も子もない。

誰にでもこのような経験は訪れるだろうが、そんなときは、日本の竹のことを思いだしてみるといい。期待した結果が表れないからといって、あきらめてはいけない。なぜなら、私たちの中では必ずなにかが起こっているからだ。私たちは成長し、伸びてゆくものだから。

達成というものは、それにかけた時間と情熱のプロセスにつきる。そのプロセスで人は新しいものを学び、人と共に生きる道を得るのだ。

プロセスは変化と行動、そして膨大な忍耐力を必要とするものである。

心の底より愛をこめて。

アレックス

PS　私のよき友であり先生でもあるホルヘ・エスクリバノが、こんなことをいっています。「勝者とは、成功を伴侶とし、失敗を友人とできる者のことである」。失敗から、人は力強い根を張る道を学ぶのでしょう。

Letter 23

人生に必要なもの、不必要なもの

「幸福を手にする秘訣とは、
シンプルな意識と複雑な精神である。
問題は、複雑な意識とシンプルな精神を
もちがちであることだ」

フェルナンド・サバテール

敬愛する友だちへ

さて、自分の望むような人生を送ろうと思えば、自分の抱えている責任やもののうち、いったいどれほどが本当に必要なのか考えるのは、とても大事なことです。無駄なものは、人生の変化から人を遠ざけてしまうからです。

本当の人生を生きるためには、人は自由でいなくてはなりません。そして自由になるには、身軽になることがいちばんです。

やがて、あなたが自分なりに道を選び、もっと景色を楽しみながらマイペースでやっていきたいと思いはじめたとき、ふとスピードをゆるめるタイミングが訪れることになるでしょう。そうしたらゆっくり考えながら自分の中身を整理し、本当の充足へと近づいてゆくことができます。

スピードを落とすことはもとより、肩の荷を降ろすのもいいことです。余分な責任感や義務感を捨てさり、この先必要な経済的要素について考えるのは、とても大事なことです。

ウィリアム・ジェームズは「賢明になるということは、なにを見落とすかを理解していることだ」といっています。人生を満たし本当に必要なものを見つけるには、まず過剰に抱えこみ変化を妨害しているものを捨てさることが大事なのです。

余分なものを抱えこんで生きているあいだ、私はよく、靴の中に入りこんでくる小石のイメージをもったものでした。おそらく小石は不快感や、不必要な鬱陶《うっとう》しさや、借金、ローン、クレジットなどの金銭的な問題を表していたのでしょう。逆に、気分よく歩くというのは、不要な問題なしに歩く心地よさの比喩《ひゆ》だったようです。

中国のことわざに「楽に歩けば遠くに届く」というものがあります。楽に歩くためには、小石など靴に入っていないほうがいいのは明らかです。また、靴をはいたり脱いだりするのも楽にこしたことはありません。そして小石を取りのぞくにしても、わざわざゆっくりと歩きながら「この小石はどうにも取れないぞ」などと悲観することはないのです。

これは、論理的な考え方だとは思いませんか？　なぜ多くの人々が「変化など起こせるわけがない」などと考えながら、歩みたくない道を歩んでいるのでしょうか。他人の靴をはき、「どこかに行かなくちゃいけない」と自分にいいきかせながら。彼らは、自分の靴の中に小石がどんどんたまっていることに気づくべきなのです。

さて、ちょっと考えてみてください。

可能なかぎりの手段で金銭的な状況を整えるということは、自分たちに石を詰めこみながら、それを必要悪ととらえ、「こうして社会を生きていくのだ」とか、「こうして成長していくのだ」といったふうに考えることに似ているのではないでしょうか？

どうかペースを落とし、必要ならば、**靴の中から、そしてあなたの歩む路上から、小石を取りのぞいてください。**

いつも簡単にいくとはかぎりません。ですが、どうしても必要なことなのです。

愛をこめて。

アレックス

PS 『星の王子さま』で知られるサン・テグジュペリは「つけたすものがなにもなくなったから完成なのではない。取りさるものがなにもなくなったから完成なのだ」といっています。そこに、こんな話があります。

ある企業の重役が、バミューダパンツにブランドもののサングラス、そしてこ

れまたブランドもののポロシャツに、またまた有名ブランドの帽子をかぶり、浜辺を散歩していた。目が飛びでるほど高い腕時計をはめ、ブランドもののスニーカーをはき、携帯電話を腰からぶらさげていた（携帯電話もバッグも高いものだった）。髪につけたヘアクリームのブランド名はさすがにわからなかったが、どうせ高いものにちがいない。

午後二時、彼は漁師を見かけた。漁師は楽しそうに網をたぐりよせており、その横には小さな船がつなぎとめられていた。重役は、彼に近づいていった。

「おほん、失礼。今岸に着いたところとお見受けするが、魚が見あたらないね。まだ帰ってくるのは早いのではないかな？」

漁師は目のはしで重役をちらりと見ると、網をたぐる手を休めずに微笑みながらいった。

「早いですって？　どういう意味ですかね。もうすっかり仕事は終わって、ちゃんと得るものは得たんでさあ」

「もう仕事が終わったって？　まだ午後の二時じゃないか。そんなことがあるものかね」重役は、疑い深げにいった。

漁師はその言葉に驚くと答えた。

「いいですかい、今朝は午前九時に起きて、ウチのと子どもと一緒に朝食を食べて、学校まで送り、十時には船に乗ったんですよ。それから海に出て、四時間ほど仕事をして、二時にもどってきたんです。その四時間で、家族と自分が食べるには十分なほど釣りましてね。まあ、金持ちじゃないですが、幸せなんでして。そしたら次は家に帰って、ゆっくり食事をして、昼寝をして、ウチのと一緒に学校まで子どもらを迎えにいって、散歩をしながら友だちと話して、家に帰って、夕食を食べて、満足してベッドにもぐるっていう寸法なんです」

話を聞きながら、重役はコンサルタントとしての血が騒ぐのを感じ、つい口をはさんだ。

「いわせてもらうとすれば、君はビジネス上の重大な過ちをおかしているようだ。君の支はらっている機会コストは割に合わないほど高く、君はもっとペイ・バックを得るチャンスをふいにしてしまっている。もっと利益が出せるはずなんだ。本来の基準値を、もっと高く設定すべきだと思うのだよ」

漁師は困惑したような表情をしたかと思うと、冷たい笑みを浮かべた。なぜ目の前にいる三十代の男が、初めて耳にするような言葉を使いながらそんなことを説明しているのか、皆目見当もつかなかった。

重役は先を続けた。

「今よりも労働時間を増やせば、成果もぐんと上がることになる。たとえば、朝の八時から夜の十時までとして考えよう」

漁師は肩をすくめるといった。

「なんでそんなことをしなくちゃいけないんで？」

「なんでって、漁獲高が、今の三倍になるんだぞ。経済規模、限界効用、生産性向上効果……そんな言葉を聞いたことはないか？　かいつまんでいうと、きちんとした利益を上げれば、君は一年以内にそれより大きな船を一艘《そう》買い、さらに船員まで雇えるという話なのだ」

漁師がまた口をはさんだ。

「もう一艘？　なんでもう一艘買わなくちゃいけないんで？　それに船員まで」

「いったい自分がなにをいってるかわかっているのか？　二艘の船で十二時間毎日仕事をすれば、すぐにまた船を二艘買えるだけの売り上げが出ることになる。たぶん、二年もあれば十分だろう。君は四艘の船をもつことになり、漁獲高も利益も日々のセールスも跳ねあがることになるんだ」

漁師がまた尋ねた。

「だから、なんでそんなことをしなくちゃならないんで？」

「君は……君はバカか！　二十年のスパンで考えてみたまえ。君はそのころには、八十艘もの船をもっている計算になるんだぞ。もう一度くりかえす、八十艘だ！　今の船の十倍は大きい船を、八十艘！」

大声で笑いながら、漁師がいった。

「なんでそんなことをしなくちゃならないんで？」

重役はその質問に、大げさに顔をしかめながらいった。

「君には、企業家としてのセンスや戦力や、すべてが欠けているようだな。もしも今、私がいったような条件がすべて整い、経済的にも潤《うるお》えば、九時に起き、妻と子どもと朝食をとり、子どもを学校に送り、遊びでのんびりと十時から釣りに出かけ、家に食事に帰り、昼寝をすることだってできるのに……」

いい話でしょう？
エーリッヒ・フロムは、私財をもてあまし過剰な満足感を求める人々を調査し、こんなことをいいました。「現代人は、すべてをもっている。ただ、自分自身だけが欠けているのだ」。この言葉を、あなたはどう思いますか？

Letter 24

無意識の自分に手紙を書く

「その時間をどうするかは、お前にしか決められないことだ」

『指輪物語』（J・R・R・トールキン）

友だちへ

作家や画家、企業家もそうですが、なにか新しいプロジェクトにとりくむときは頭の中にアイデアがあるだけで、目の前には白紙が広がっています。アイデアは紙に書きうつされて、はじめて目に見えるものとして現れるのです。映画の台本、仕事の企画書、催し物、本、絵画、歌。どれも「書く」という行為のおかげで現実になっています。どんな夢でも、まずは言葉や数字、そしてスケッチやイメージとして、実現への第一歩を踏みだすことになるのです。

この手紙でお伝えしたいのは、あなたが自分で決めたゴールにむけて歩きだすための、簡単なエクササイズです。読んでみて、それからどうするか、あなた自身が決めてください。ですが、できれば実行してみてほしいと思っています。これまでの経験から、それが人の役に立つのを私は幾度となく目にしてきました。

それは、無意識の自分に宛てて、こんなことを伝える手紙を書くことです。

・今の毎日をどんなふうに感じているか。
・もうやりたくないこと。変えてしまいたいこと。
・あなたの望む人生と、どれだけそれを熱望しているのか。
・その人生を勝ちとるために、どんな手段を使うつもりなのか。

そして、心の中にいるあなたの内なるボスに宛てて、こんな手紙を書くことを強くおすすめします。

・本当の自分の姿について。
・あなたの生きたいと願う場所、状況、感覚、そして歩みたい道について。
・深く、体を突きうごかす情熱について。

一見、妙な話に聞こえるかもしれません。

でもそれがなぜ妙な話に聞こえるのかというと、理由のほとんどは、私たちが内なる自分とコミュニケーションをとる機会を失っているからなのです。だから、障害物を乗りこえるためにイマジネーションをもつことが重要になってくるのです。

たとえば、サンタクロースに宛てて手紙を書く子どもたちのような気分になってみるといいかもしれません。そうすれば、胸の中でまた希望が蘇《よみがえ》ることになるでしょう。今回のサンタクロースは、あなた自身です。あなたの欲しいプレゼントをもってきてくれるのは、あなた以外、誰もいないのです。

ですが、なぜ無意識の自分に宛てて手紙を書くことが、そんなに重要なのでしょうか？　それは、手紙を書くということは、認知をすることでもあるからです。心の底からわきだした言葉には、それを書いたときの気持ちが正直に表れているものなのです。

自分に手紙を書き、どんな気持ちで暮らしており、どんな志をもっているのかということを表現しているのは、ごく一部の人々だけです。

なかには、自分に宛てて契約書を作り、目的にむかっていく人もいます。人生計画を立て、自分の行く先をしっかりと見すえながら。

戦略家というものは、おおむね三つのことをするものです。計画、運営、そして実際の準備です。戦略というのは、行動のための下ごしらえのことです。あなたがこれから書く手紙には、こんなことを盛りこむといいでしょう。

1、なぜ変化を起こしたいと思っているのか。
2、願いごとリスト。
3、実現するために不可欠なもの。
4、どれだけ時間がかかりそうなのか。
5、決意表明。

ひとつひとつ解説していきましょう。

1、なぜ変化を起こしたいと思っているのか。
あなたが変えていきたいと思っていることと、いったいなぜ、変化を待ちのぞんでいるのか。

正直に、できるだけオープンかつ誠実に書くこと。深く愛している誰か、信頼している誰かに手紙を書くつもりで、ちゃんと読んでもらうつもりで書くといいでしょう。人生から取りさりたいものをリストにすることが大事です。降ろしたい荷物、もう我慢のできないもの。それが消えたら明日から幸せになれると思うものを書きだしましょう。

2、願いごとリスト。
この手紙に、これは欠かせません。あなたが変化を求める理由にもなっている願いを、紙に書きだして残すのです。欲望を表すというのは、つまり無意識を表すのと同じことです。そうすることによって、いちばんの協力者、つまり内なる自分への道が開けるのです。
・ポジティブな形で、あなたの欲求を書きます。できるだけ否定形は使わずに書きましょう。たとえば「○○はしたくない」ではなく「ほかに△△のようなことがやりたい」という書き方をするのです。

・願いをはっきりと限定して書きます。あたかももう実現しているかのようなつもりで、細かく書いてみましょう。実現したらいったいどんな感じなのか、そんな暮らしが送れたらどんな気持ちになれるのか。

・欲求の対象に、誰かほかの人を置いてはいけません。みんな、それぞれの人生を生きています。みんな、それぞれの方向性をもっています。これはあなた自身に宛てられた手紙であり、ほかの誰に宛てたものでもないのです。あなたに変化を起こすものであり、ほかの人のものではありません。自分に変化を起こせば、周囲との関わり方にも変化が起こる。それがすべてであり、必要十分だといえるでしょう。

・覚えておいていただきたいのは、無意識とはまるで子どものような存在だということです。だから、物語のように、あなたのこれからの人生について語りきかせるつもりで書くといいでしょう。ユーモアと感情、希望、優しさ、温かさを忘れずに。

3、実現するために不可欠なもの。

きちんとした現実的な計画を立てるには、まず、現在の状況をできるかぎり客観的に見つめる必要があります。そのためには、どんな小さな嘘も自分についてはいけません。自分を眺め、理解し、夢を実現するのにどんな要素が使えるのかを認識するのです。過去から現在まで積みかさねてきた経験も、そのひとつだといえるでしょう。希望、好奇心、思いやり、直感、熱意、経験、クリエイティビティ、勇気、自発性、ユーモアのセンス、共感、優しさ、強さ、カリスマ性、知性……そういったものすべてが、要素になっていくのです。

あなたには、たくさんの内的要素が詰めこまれています。決してどれかを無視したり、軽視したりしないようにしてください。とにかく、ひとつひとつ思うままに正直な形でとらえるということが大事なのです。

また、強力な外的要素を使うことができるということも、忘れてはいけません。人に話し、手を借りることもできるのです。ときには、誰かを信頼する気持ちが変化への強い後押しとなることもあります。友だち、家族、子ども、そして専門家もあなたを手助けしてくれることでしょう。

また、もっとも大事な要素のひとつに、あなたの想像力があります。あなたの望む答え、目標や頼りになる人々をイメージできれば、それもまた要素のひとつとして加えることができるはずです。

自分の内外のそのような要素をリストにしてならべることで、あなたがこれから練る計画はずいぶんと楽になり、具体的に見えてくるはずです。

4、どれだけ時間がかかりそうなのか。

願いを実現するのにどれだけ時間がかかりそうなのか、できるだけ現実的かつ細かい時間を設定します。ゴールに到達する予定を、日付で表してもいいかもしれません。そうすることにより、気持ちにより拍車がかかるからです。いざ一歩を踏みだせば時計は動きはじめるわけですから、覚悟もおのずと決まってくるでしょう。

5、決意表明。

さて、最後にいちばん重要な部分を説明しましょう。夢をかなえ実現させるには、戦略や計画もさることながら、それをかなえるのだという決意が絶対に欠かせません。書類にサインが必要なのと同じように。

サインをするということは、自身の願いに対して自分の決意を固めることであり、紙にその願いを書いたのは自分であることを受けいれることです。そして、それを実現するのは自分なのだということも……。

とにもかくにも、つまりは自分の夢や目標に対して誠実でなければならないということなのです。そうであれば「自分はこれを達成するのだ」という自信も、自然とわいてきます。また、このことによってあなたの内なる子どもは、大人であるあなた自身が願いにむけて決意を固めたのだと、はっきり理解するでしょう。

ですから手紙の最後は、たとえばこのようにしめくくります。

「私はこの日までに努力し、道を拓《ひら》き、夢を実現します」

自分に正直になり、現実的に考え、自分の「こうしたい」という気持ちを大事にしてください。もし願いをかなえていくだけの決意がないのであれば、手紙は書かないほうがいいでしょう。

もちろん、ただ書いただけでとつぜん変化が訪れるわけではありません。手紙を書くことによってあなたは自分に賭け、次に、努力して勝ちとるのです。手紙は戦略であり地図です。あなたは毎日その戦略や地図を現実に変えてゆくのです。

つまりこのエクササイズは、あなたの無意識を活性化し、ポジティブな人生を送るためのものなのです。

結局、変化というものは……

目ざすゴールにむけて、欲求に駆りたてられ、無意識の強さに後押しされながら進んでゆく、認識力とポジティブな意識が起こすものなのです。

書いた手紙はできるだけ身近に置くか、よく見えるところに貼っておくといいでしょう。机の上、オフィスの壁、財布の中、ベッドのそば……。できるだけすぐ目につけて読むことができる場所がいいです。

静かにそれを読みかえし、瞑想《めいそう》する。夜寝る前や朝起きた後に読みかえしてみるのもいいかもしれません。

この手紙を書くことで、自分を満たそうとする気持ちにスイッチが入るのです。最後に署名をすることにより、あなたは手紙に書かれた自分の欲求を現実のものとするため、新しい人生を歩きはじめることになります。その目的意識が揺るぎないものであれば、自分の感じる魅力に戸惑いや恐怖心を抱くことなく、自分からどんどん状況を作りあげてゆくことができるでしょう。

ちょっと難しい話に聞こえるかもしれませんが、あなたが思えば思うほど人生は答えてくれるという、つまり理想と現実を同調させるということです。

自分がふと疑問を感じたときには、計画を見直していこうという気持ちも大事です。「こうなりたい」という気持ちに固執しすぎるのは、かえって危険です。というのは、道を進んでいけば状況は変化し、状況が変化すれば進み方もまた変わってくるものだからです。

計画を変えること、自分をあらためて見なおすことをしながら、何度でも自分に手紙を書くようにしましょう。あなたが今日胸に抱いた願いは、もしかしたら二十年後には多少、いや、まったくちがったものになっているかもしれないのです。

自分の人生を生き、想像し、また先を生きてゆく。

自分にむけて、手紙を書きながら。

きっと自分でも、手紙を待っているはずです。

愛をこめて。

アレックス

PS　スティーブン・R・コヴィー氏いわく「私は変えていける。記憶ではなく、想像力を頼りに。過ぎさった過去ではなく、無限の可能性を頼りに。私は、自分を作りあげていけるのだ」。

Letter 25

人は三つめの脳をもてるか

「自分を導く能力こそが、
人を導く能力を決定的に証明してみせる」

トーマス・ワトソン

「もしも人を見たままに扱えば、
彼は彼のまま変わらずにいつづけるだろう。
もしも人をほかの形や本来なるべき姿として扱えば、
彼はほかの形へと変わり、
本来なるべき姿へと変わってゆくだろう」

ゲーテ

友だちへ

あなたが勝ちとった光が、永遠に輝きを失いませんように。

なんと美しく、現実味のある言葉でしょうか。あなたが輝くということは、私を照らしだすことでもあります。私がものを見られるように、手がかりを見つけられるように。

そんなことがあるからこそ、人生の方向を定め、意義を見いだし、限界を決めずに、世界にむけて光を放つことが大事なのです。

サン・テグジュペリがいうには「愛とは、人と分かちあって育つ唯一のもの」だそうです。それこそが、人々に今もっとも必要な財産なのではないでしょうか。

フラストレーション、競争、苦悩、そして戦争。恐怖心と無意識な被害者意識から生まれたそれらは、人を傷つけるだけです。

人は皆、考えはじめなくてはなりません。また、感じはじめることも同じように大事なことです。そして、自分の人生に変化を起こし、内に眠る無限の可能性を呼びさましていけるのだと信じることは、なによりも大事です。

人間は日々、目の覚めるような科学的発見を繰りかえしながら、それまでの限界を踏みこえてきました。もっとも新しい神経学の分野における発見も、素晴らしいものがありました。知性は体を通して供給され、脳とはまた別のところから生じる思考が存在するというもので、神経学者のロバート・K・クーパーは『The Other 90%（残り九十パーセント）』の中で「なにかを経験しても、その情報はまっすぐ脳へと伝わるわけではない。まずは神経ネットワークを通じて腸や心臓へと行きわたるのだ」と書いています。

そうなのです。腸にはニューロンと細胞のネットワークがあり、心臓には脳みそと非常によく似た神経の働きがあるのです。

現在、それらは「第二の脳」（腸）、「第三の脳」（心臓）とされています。

この分野の専門家たち、特にコロンビア大学のマイケル・D・ガーション氏は、腸管には脊髄《せきずい》を上まわる、一億ものニューロンがあることを発見しています。もっとも興味深いのは、この複雑な構造です。このシステムは脳につながっているのですが、腸は独立してものを記憶し、学習し、人の考え方やその修正に作用しているというのです。

すべての人生経験は、腸で独立した意識となります。感情を表す言葉には「腹を割る」「はらわたが煮えくりかえる」「肝《きも》を据える」「腹が立つ」などといった表現が多いのはそのせいかもしれません。多くの人々はこの感覚や作用について教育を受けず、第二の脳からなにか強烈な信号が発せられても、意識することがありませんでした。

「第三の脳」は、心臓に付随《ふずい》しています。なんと、心臓は四万を超える神経細胞から構成されており、複雑な神経伝達細胞によってネットワークが組まれているのです。この心臓である脳は、頭におさまっている脳みそとほとんど同じくらいのエリアに働いているのです。

心臓が発する電磁場は、人間の器官の中でいちばん強いものなのだそうです。脳が発するそれの五千倍ほども大きく、三メートル離れていても測定できるほどなのです。腸と同じように独立して学び、記憶し、人生に対してどう働くかというガイドラインも備えているのだそうです。

ここで面白いのは、この第三の脳はまだ科学では証明されていないとのことですが、過去の経験を直感的に活かす働きをしているという説があることです。なにかを胸で予感したり、直感したりする、強い意識のことだと考えられます。

現在、西洋医学界では、長きにわたって東洋医学界で受けいれられてきた事実が認められはじめています。心臓、すなわち第三の脳のリズム、つまり鼓動が脳の思考に影響を及ぼすというものです。心臓は、われわれが経験したことを司《つかさど》っており、それは脳よりも大きな役割をもっている可能性もあるのです。

この「第三の脳」の分野を掘りさげて研究している学者たちの中には、才能や自発性、そして直感というものは、そこから生じているという人もいます。この脳こそが人生に直結しており、人の人生に新しい理解をとりいれようとしているのだと。

ゆくゆく第三の脳が、人間の未知なる領域に直結していることが証明されるでしょう。共感、感情的自覚、無意識の情報検索、楽観性、自発性、使命感、直感、歓び、自信、他者や人生への信頼感など、世界を豊かに、満ちたりたものにする「感情的知能へのカギ」ともいえるものです。

また、従来の医学や革新的な医学、どちらにおいても著名な医師たちにより研究は進められています。心臓は内なるレーダーの役割を果たしながら、内的な、そして外的な新しい機会を探してアンテナを張りめぐらせているというものです。ですがそれを自覚するために、私たちはまず内なる自分を意識しなくてはなりません。どのように自分の心を見つめ、耳を傾け、そして理解するかということです。

そう考えると私には、人は「よきボスになるための賢き心」をもっているように思えてなりません。人として生きるということは、感情や情緒をもつということでもあります。私たちは、感情の動物なのです。

よきボスは自分を知り、自分にどう耳を傾けるかを知り、自分に許可を与え、自分の才能や技術に誇りをもたせてくれます。そして、自分にも周囲の人々にも、深い敬意をもたせてくれるのです。

よき心なくして、よきチーム、よき組織、よき会社を作ることはできません。ボス、つまり社長が雇用者の情熱や才能をどう活かすかを知ってこその会社なのです。

自分に対してよきボスになれないかぎり、人に対してよきボスになれるはずがありません。これが、リーダーシップをもつことへのカギだといえるでしょう。

なぜならば……

自分の人生すらままならないのに、人のことなどわかるわけがない。

自分がどうすればいいのかもわからないのに、人がどうすればいいかなどわかるわけがない。

自分の声に耳を傾けられないのに、人の声に耳を傾けられるわけがない。

自分を鼓舞《こぶ》できないのに、人を鼓舞できるわけがない。

自信がないのに、人に自信をもてなどといえるわけがない。

自分をほめ、敬意をはらうこともできないのに、人をほめ、敬意をはらえるわけがない。

自分を理解し価値を認めることができないのに、人を理解し価値を認められるわけがない。

自分の失敗を許すことができないのに、人の失敗を許せるわけがない。

柔軟性や順応性がないのに、人にそれを求められるわけがない。

譲歩や和解ができないのに、人にそれを求められるわけがない。

自分の才能を引きだすことができないのに、人の才能を引きだせるわけがない。

無意識に恐怖をもちつづけていては、きちんとコミュニケーションがとれない。

過去に抑圧をどう感じつづけていたのかをきちんと知らなければ、人に感情移入できるわけがない。

自分を真心で導いていけないのに、人を真心で導いていけるわけがない。

自分が輝いてもいないのに、人を照らしていけるわけがない。

もしも自分を確立できないまま社長《ボス》になってしまえば、大勢にむけて破滅的な嘘をつかなければならなくなってしまいます。これが、多くの政治的指導者たちが何百万という人々の命を奪ってしまう理由であり、多くの経営者たちが自社を追いつめ破産へと導いてしまう理由でもあります。よき人々をだまし、能力を活かすチャンスを奪ってしまうのです。

あなた自身の深みと質は、これからあなた自身をふくめ、とりまく環境すべての発展を担う、大きな役割をもつことになるでしょう。思慮と感情の豊かさで、どこまでの変化を起こせるのかが決まってゆくのです。

おそらく将来、私たちはこの発展の結果として「思考」「知性」といった言葉を、より広い意味をもつ言葉へと定義しなおさなくてはならなくなるでしょう。というのは、頭、心臓、そして足を、同じ方向へむけて前進させなくてはならないからです。そうでなければ、三者が別々に動いてしまい、前進も後退もできなくなってしまいます。そして、ばらばらに引き裂かれたあげく、周囲の人々にも同じことを引きおこしてしまうでしょう。

よきボスとは、ただ思慮深い人ではありません。情熱をもち、直感をもち、愛をもった人のことなのです。

私たちは、体が発する信号や心の声に左右されすぎないように教えられてきました。煩わされないよう、痛み止めやあらゆる手段を使い、それを封じこめてきたのです。変化へとむかう心と体からの信号を鎮《しず》めるというのは、つまり人生を頭で生き、プログラムどおりに生きてゆくのと同じことです。もしその道を選んでしまえば、変化など起こせなくなってしまうでしょう。

私たちが生きる世界は、病んでいます。志と強欲の狭間《はざま》に食いこんだ、不治の病だといえます。

私は、子どもたちの姿を見ると「理想郷はあるはずだ」と信じることができます。そして、変化は個人の中からしか生まれないものだとも考えます。だから、満たされて生きることが自分の責任であると考え、闘《たたか》い、意志を強くもち、心を鎮め、自分の中で静かな革命を起こして心を開いていきたいのです。

そのためには、よきボスが必要です。自分に責任をもって生きる、大事で尊敬できる、愛のある人々です。

感傷的になるのではなく、感情をもつこと。攻撃的になるのではなく、主張をもつこと。行きあたりばったりに生きるのではなく、忍耐を積みかさねること。誰かに与えるのではなく、教えること。力まかせの関係ではなく、公平な関係をもつこと。

世界には、生きるために稼がなくてはならない人が数多くいます。貧しく生まれ、抑圧を受け、さげすまれ、搾取《さくしゅ》され、自由を奪われ、情報も教育も与えてもらえない人々が。いつの日か彼らに「あなたは生きるために稼ぐ必要はないのだ。なぜなら、生まれたときからもう生きているのだから」と真心をもって伝え、人生は失われていないと信じてもらわなくてはならないのです。

そのように過酷な状況に生き、とにかく生きのびなければならない人々にとって、そう信じるには頭だけではなく、心を注がなくてはなりません。「よき心とよき魂。それがあれば、よき指導者になれる」と、年老いたオノンダガのネイティブ・アメリカン、ルイス・ファーマーがいっています。このことを昔からよく知っている人々もいますが、その声が私たちに届くことはまれです。ですが、その声に私たちは耳を傾けなくてはなりません。それはつまり、自分自身に耳を傾けるのと同じことだからです。知恵は、心の奥底の沈黙に備わっているのです。

ひもとき、敬い、尊重し、第三の脳、つまり心臓でそれを感じましょう。働いてゆくために。

アレックス

PS　ソーウォルド・デスレフセンとルディガー・ダールケによる『La enfermedad como Camino（病の旅）』という本の中に、こんな部分があります。

どんなに世界をよくしようとしても、摩擦や問題のない完全にきれいな世界、すれちがいや争いのない世界というものは、存在しえない。不老不死の完全に健康な人間もありえない。すべてを包みこむ愛というものもありえない。世界には、限界というものがあるからだ。だが、その限界に気づき、意識を解きはなった者は、どんなゴールにも到達することができる。この分裂した世界で、愛ゆえに人は隷従《れいじゅう》し、団結の中に自由を見る。本当の愛には、癌《がん》さえも敬意をはらうのである。本当の愛の象徴は心臓《ハート》であり、心臓は癌におかされない唯一の器官なのである！

癌は単なる病名ではなく、人間の自己破壊の比喩でもあります。人々がハートをもつようになれば、世界には癌におかされる余地がなくなっていくのではないでしょうか。

サン・テグジュペリいわく「真の愛とは、人々にそのまま変わらずにいてほしいという願いである」。愛は、人をその人自身へと、そして自分を本当の自分の姿へと導くためのものでもあるのです。

あとがき

新たな旅のはじまり

「今日、日暮れ前に私は丘に登り、
雲に囲まれた天国を見あげた。そして自分の魂に問いかけた。
いつになればわたしはあの宝珠《オーブ》を手に入れ、
そこに秘められた歓びや知恵を我がものとできるのかと。
そうすれば満たされ、満足できるのだろうかと。
私の魂はこう答えた。
いや、私たちはその高みへとたどりつき、
そこからさらに先を目ざすのだ」

ウォルト・ホイットマン

本は終わっても、人生は続いていきます。

さあ、まだ先を見て、探しつづけていきましょう。今回は一緒にいてくださり、本当にありがとう。

私の手紙が、共感を得たにしろ得なかった部分があるにしろ、あなたに勇気を与えたならば、それは喜ばしいことです。

あなたが自分自身を身近に感じ、もしかしたら、もう自分の道の上を歩きはじめていますように。

あなたが自分の中に、人生を導いてゆくゆとりを見つけだせますように。

あなたが心のコンパスを見つけられますように。

アレックス

いつでも、本とともに。

「私はまず、わかりたい」

ホセ・ルイス・サンペドロ

「ものを知らない者は、愛することができない。
もののやり方を知らない者は、
それをすることができない。
もののわからない者は、ものの価値がわからない。
だがものを理解する者は、人を愛し、
ものをよく見、理解していくだろう。
知識を得るほどに、愛は深くなってゆく」

パラケルスス

いい本は、単なる本を超えているものです。単なるデータ、情報、知識として以上のものが、そこにはあるといっていいでしょう。そういった本は、叡智であり、人生でもあるのです。たくさんの人生が、そこには詰めこまれています。それは知性と真心へと開かれた一枚の窓。本を読むことは感じることであり、考えることであり、感動することであり、生きることなのです。

私の人生を変えてくれた本を何冊か、ぜひとも紹介させてください。その多くは、あなたが今読んでいるこの本の中に私が引用したり、僭越ながら、その要旨を凝縮して使わせてもらったりしたものです。

これらの本なくしては、私は今のように感じることができていなかったし、今感じられるように考えることもできていなかったでしょう。そして、今の自分でもいられないことでしょう。

心の底から、深く深くこれらの本と著者たちに敬意をはらいたいと思います。

これから挙げるすべての本は癒し——すくなくとも私にとっては——になるものであり、理想的な治療薬でもあります。悲しいとき、どうしていいかわからないとき、気が休まらないときに。そして、答えを探しもとめる道の上で。

本はひとつかそれ以上の人生であり、ひとつかそれ以上の世界です。本はあなたが羽ばたくための翼であり、また、友人であり、先生でもあります。あなたの仲間であり、理解者であり、愛してくれるものでもあります。本とは、すばらしいものなのです。

それでは、またいつか。

アレックス

Hendricks, Gay and Kate Ludeman, *The Corporate Mystic: A Guidebook for Visionaries with Their Feet on the Ground.*
Hesse, *Hermann, Demian.*
Huxley, Aldous, *The Perenial Philosophy.*
James, Muriel and Dorothy Jongeward, *Born to Win.*
Kertész, Imre, *Moments of Silence While the Execution Squad Reloads.*
Krishnamurti, *First and Last Freedom.*
Kübler-Ross, Elisabeth, *The Wheel of Life.*
Kuhn, Thomas S., *The Structure of Scientific Revolutions.*
Lao Tse, *Tao te Ching.*
Marquier, Annie, *The Power to Choose.*
Marquier, Annie, *The Freedom to Be.*
Martí, Miquel, *Words From a Master: Blay on Synthesis.*
Maslow, *Abraham, El hombre autorrealizado.* **["The Self-Made Man"]**
Maslow, Abraham, *The Creative Personality.*
Maugham, W. Somerset, *The Razor's Edge.*
Miller, Alice, *The Drama of the Gifted Child: the Search for the True Self.*
Miller, Alice, *For Your Own Good: Hidden Cruelty in Child-Rearing and the Roots of Violence.*
Moore, Thomas, *Care of the Soul.*
Mountain Dreamer, Oriah, *The Invitation.*
Nadal, Jordi, and Ventura Ruperti, *Meditating Management.*
Panikkar, Raimon, *Invitacio a la saviesa.* **["Invitation to Wisdom"]**
Prather, Hugh, *Notes to Myself.*
Ramana Maharashi, *The Essence of Self-Knowledge.*
Ribeiro, Lair, *Success Is Not a Coincidence.*
Rogers, Carl R., *On Becoming a Person.*
Saint-Éxupery, Antoine de, *The Little Prince.*
Satir, Virginia, *Making Contact.*
Scott Peck, M., *The Road Less Traveled.*
Shah, Idries, *Caravan of Dreams.*
Shah, Idries, *Wisdom of Idiots.*
Siegel, Bernie S., Peace, *Love and Healing.*
Steiner, Claude, *Scripts People Live: Transactional Analysis of Life Scripts.*
Upanishads, *Arca de Sabiduria.* **["Ark of Knowledge"]**
Vallés, Carlos G., *Al andar se hace camino.*
["As You Go You Make Your Own Path"]
Watts, Alan, *The Wisdom of Insecurity.*
Watzlawick, Paul, John H. Weakland, and Richard Fisch, *Change.*
Whitman, Walt, *The Leaves of Grass.*
Wilber, Ken, *The Atman Project.*
Wilber, Ken, *Integral Psychology.*

Albion, Mark, *Making a Life, Making a Living.*
Albom, Mitch, *Tuesdays With Morrie.*
Amela, Víctor; Sanchís, Ima; Amiguet, Lluís, *Haciendo la contra.* **["Being in Opposition"]**
Aprile, Pino, *In Praise of the Imbecile.*
Assagioli, Roberto, *The Act of Will.*
Aurobindo, *The Divine Life.*
Bach, Richard, *Jonathan Livinston Seagull.*
Bettelheim, Bruno, *The Uses of Enchantment : The Meaning and Importance of Fairy Tales.*
Bhagavad Gita. Bruquera, S.A.
Berne, Eric, *What Do You Say After You Say Hello?*
Blay, Antonio, *Being: a Psychological Course for Self-Fulfillment.*
Blay, Antonio, *The Creative Personality.*
Blay, Antonio, *Life's Creativity and Abundance.*
Bucay, Jorge, *Cuentos Para Pensar.* **["Short Stories to Think About"]**
Bucay, Jorge, *Let Me Tell You a Story.*
Bucay, Jorge, *The Power of Self-Dependence: Allowing Yourself to Live Life on Your Own Terms.*
Carter-Scott, Chérie, *If Life is a Game, These Are the Rules.*
Casas, Claudio, *The Painter's Pallette: Gestaltic Messages.*
Chopra, Deepak, *The Seven Spiritual Laws of Success.*
Coelho, Paulo, *The Alchemist.*
Cooper, Robert K., *The Other 90%: How to Unlock Your Vast Untapped Potential for Leadership and Life.*
Covey, Stephen R., *The Seven Habits of Highly Effective People.*
Cyrulnik, Boris. *The Ugly Ducklings.*
Dethlefsen, Thorwald and Rüdiger Dahlke, *The Critical Stages of Life.*
Dethlefsen, Thorwald and Rüdiger Dahlke, *La enfermedad como camino.*
de Bono, Edward, *Lateral Thinking.*
de Mello, Anthony, *Song of the Bird.*
de Mello, Anthony, *The Prayer of the Frog.*
de Mello, Anthony, *One Minute Nonsense.*
Drucker, Peter, *Managing in a Time of Great Change.*
Escribano, George, *Transactional Analysis and Clinical Psychology.*
Fisher, Robert, *The Knight in Rusty Armor.*
Frankl, Viktor E., *Man's Search for Meaning.*
Fromm, Erich, *Art or Loving.*
Fromm, Erich and Daisetz Teitaro Suzuki, *Zen Buddhism and Psychoanalysis.*
George, Susan, *Lugano Report.*
Gibran, Khalil, *La veu del mestre.* **["The Life of the Master"]**
Goleman, Daniel, *Emotional Intelligence.*
Handy, Charles, *The Age of Paradox.*

アレックス・ロビラ Alex Rovira

1969年生まれ。ヨーロッパの名門ビジネススクールESADEを卒業後、民間企業でマーケティングのキャリアを積む。1996年、コンサルティング会社を設立。クライアントにはヒューレット・パッカード、マイクロソフト、ソニー、モルガン・スタンレーなどが名を連ねる。MBAをもつ経済学者でもあるが、心理学や民俗学にも造詣が深く、企業活動や消費行動をダイナミックな人間学の中に位置付ける新しいマーケティング手法は高い評価を得ている。5歳になる自分の娘に聞かせようとつくった物語『Good Luck』は世界的なベストセラーとなり、やさしい言葉で普遍的な人生哲学を伝える本として、多くの企業で社員教育のテキストとして使われている。また、教育現場からの反響も大きく、本を授業に取り入れる学校は多い。講演の依頼を受けて世界各国を訪れ、その先々で経営者や若者たちと語り合い、人が希望をもって生きられる社会を実現するため、メッセージを発信し続けている。

田内志文 Shimon Tauchi

文筆家、翻訳家。英イースト・アングリア大学院にてMA in Literary Translationを修了したのち、『BLUE』(河出書房新社)、『Good Luck』(ポプラ社)、『頭のいい人の片づけ方』(PHP研究所)の翻訳のほか、ノベライズなども手がける。スヌーカーのプレイヤーとしても活動しており、現在JSPC(Japan Snooker Players' Club)ランキング25位。

レターズ・トゥ・ミー

2005年5月27日　第1刷発行
2005年5月27日　第2刷

著者　アレックス・ロビラ
訳者　田内志文
発行者　坂井宏先　編集　斉藤尚美
発行所　株式会社ポプラ社
〒160-8565　東京都新宿区大京町22-1
TEL:03-3357-2212(営業)　03-3357-2305(編集)
0120-666-553(お客様相談室)
FAX:03-3359-2359(ご注文)
振替 00140-3-149271
第三編集部ホームページ　http://www.dai3hensyu.com
印刷・製本　図書印刷株式会社

N.D.C.963/221P/20cm　ISBN4-591-08666-6

本を閉じたあとも、読む者の日常に息づき、

続いていく物語がある——。

ベストセラー『Good Luck』の読者から生まれた、

人生が元気になるエピソード67編。

もうひとつのグッドラック物語

アレックス・ロビラ 監修

グッドラックプロジェクト委員会 編